転生貴族の優雅な生活

謎の男性
メイリーネが召喚時に会った謎の男性。ヤバい匂いがプンプンする。
謎の二人組
メイリーネが聖霊を召喚するつもりが、間違えて喚んでしまった二人組。
メイリーネ・ラスティル
前世の記憶を持つ侯爵家の嫡男。誰もが振り返るほどの美少年で、さっぱりした性格。
ジュリオ・アーベライン
アーベライン伯爵家の三子。鼻歌の音階が気になるほど音楽に命をかけている変態。
主な登場人物

ハインツ
メイリーネの従者。温厚そうな顔つきをしているが、ただ者ではない実力者。
ウィルモット
メイリーネに魔法を教えるためにやってきたエルフ。オネエ口調が特徴。
クラウス・ワーグナー
聖オルドネイト自治区から王都の学院にやってきた留学生。真面目で口数が少ない神殿騎士見習い。
イーグル・ラサクア
ラサクア辺境伯の息子。騎士科に所属する先輩で、男らしい性格。
エレク・アーベライン
アーベライン家の第二子で、ジュリオの兄。

Contents

綿屋ミント

イラスト
秋吉しま

1章　生まれちゃった俺

前略、地球の親族の皆さんお元気ですか。俺は残念ながら元気です。どうやら地球で様々な理由から涅槃に入ったのち、転生したようです。……異世界に。

「奥様！　生まれましたよ、男の子です！」

ぼんやりとした微睡みの中、急に瞼に光が差したと思った時、俺を抱き上げる三角巾を着けたおばさんの声が聞こえてきた。その様子から産婆さんだと思う。産婆さんの言葉のあとに、どこからともなく聞こえる女の人たちの喜びの声。

……なんで赤ん坊に言葉が分かるんだよ。

本に埋もれて死んだだけで異世界転生とか、世の中間違ってる。俺は車に轢かれそうな犬や猫を助けたわけでもないし、歩いてたらトラックに追突されたわけでもない。もちろん変な魔法陣を踏んでもいない。自宅の、集めに集めた本に埋もれて死んだだけだ。それに、生まれるまでに神様っぽい奴と話した記憶もない。

正直、生きたくない。生まれてまだ数瞬なのに疲労感がすごい。なんでよりにもよって異世界転生なんだ。

そんなことを考えながら、産声も上げずに目の前のおばさんと見つめ合っていると、段々おばさんの顔が焦り出し、抱き上げている俺をブンブンと振り回し始めた。

ギャアァァァ！！！！　揺れる！　内臓揺れる‼　脳みそも揺れる‼

思わず制止しようとしても、舌がうまく動かない。赤ん坊なせいか？

「オヴァァァァ！！！」

潰れたような酷い産声を上げてしまった。異世界での俺の第一声がこれなんて、ショックでもう死にたい。

「奥様、元気な子ですよ！」

産婆さんが言う。いや元気じゃないです。主にアンタのせいで。ウップ……まだグラグラする。

「旦那様に似た美しい紫の瞳です」

「…………そうね。でも髪は、私の祖母の色をもらっているわね」

俺がヒィヒィ言っている間に、視界の端に美しい女性が現れる。美しいってのは勘だ。なぜなら視界はあんまりはっきりしてない。主に俺を振り回してくれたおばさんのせいで。でも恐ろしく白い肌と、亜麻色の長い髪と、ピンク色の目は確認できた。

ピンクとか紫とかファンタジーが過ぎるだろ。ナーロッパも程々にしてくれ。

ここまでの情報で、剣と魔法の異世界的な、アレな世界なのだろうとは想像に難くない。だって地球には、時々紫の瞳の人はいるが、ピンクはいない。それも真っピンク。

しかしどうやらこの目の前の美女、おそらく母だと思うのだが、どうも醒めた雰囲気だ。出産で疲れてるのか？　奇遇だな。俺も疲れてるよ。

「自分の息子というのは、思っていたほど可愛くないわね」

ヒエッ！

母からの言葉に、俺は思わず泣くのをやめてしまった。はい、産声終了。

そんな状態から、俺の異世界生活は幕を開けた。


生きたくない生きたくないと考えながら、しばらく赤ん坊として息をしているだけの日々を送っていたら、俺の部屋に男がやってきた。やたらと身なりがよく、栗色の髪と紫の目をしている。

もしかしなくても父親だろう。

出産以来会いに来ない母親の代わりに、父親が来ちゃったか。

白い壁紙のだだっ広い部屋の揺りかごに寝かされ、時間になると乳母から乳をもらうだけの生活をして、有り体に言えば暇を持て余していた俺は、揺りかごを覗き込む父親の視線をアルカイックスマイルで受け止めた。

途端に眉間に皺を寄せて、難しい顔をする父。なんでだよ。

これは母親だけではなく、父親にも嫌われちゃったか？　俺の異世界人生、前途多難すぎない？　これで将来転生者と分かった暁には、金持ちとか権力者に金で売り飛ばされて、飼い殺しの奴隷のような生活をさせられるんだろう？　２周目の人生つらすぎる。

「……名前はメイリーネにしよう」

俺が人生を悲観しているうちに名前が決まってしまった。

あんまり好きな響きじゃないけど、まあこの世界じゃポピュラーな名なんだろう。

「メイリーネ」

父親が俺をそう呼ぶので、右手を上げて「あい」と返事をした。父親ならできるだけ愛想よくしておかないとな。そう思って返事をしたのだが、父親はまた眉間に皺を寄せて、揺りかごから離れていってしまった。

「もう少しメイリーネを温かくせよ」

「少し枕が低いのではないか」

「痩せすぎているように思う。乳母にはたくさん乳をやるように伝えよ。足りなければもう1人雇い入れよ」

……。抱こうともしないし笑いもしない仏頂面だが、これはあれだな、少なくとも嫌われてはいないと判断していいのだろう。

前世では両親もいなかったし、これだけ喜ばれるとなんだかやりづらい。本に埋もれて死ねたのは割と本望だったし、人生2周目は面倒だと思っていたが、この世界では、ひとまず今は、死ぬのを保留にしよう。うん、そうしよう。

とりあえず思ったように生きてみて、ダメだったらその時に死ねばいいしな。


すくすく育って5歳になった俺です。父親からメイリーネという立派な名前をもらい、元気に生きています。

そうそう、実の子である俺を可愛くないと言った母は、どうやら出産後すぐに亡くなったらしい。最初の1回だけ母乳をもらったあとはずっと乳母に育てられ、部屋が別だったから2歳になるまで知らなかったけど。

実母からの嫌がらせを受け、シンデレラも真っ青の異世界生活を送るのかとヒヤヒヤしてたけど、どうやらそういうタイプの異世界転生じゃないらしい。手放しでは喜べないけどね。

俺は広い部屋の椅子に腰掛け、溜息を吐いた。部屋のドアの傍らで、従者のハインツが静かに待機している。後ろにきっちり撫で付けた黒い髪に、灰色の瞳。温厚そうな顔つきをしていて、おそらくまだ20代だと思われる青年だ。

そう、従者がいるのだ。

メイリーネと名付けられた俺は、ネリス王国の南西部にある広い穀倉地帯を領地に持つ、ラスティル侯爵家の長男として生まれた。貴族だ。まごうかたなき貴族のご令息。

初めてそれを知った時、俺はその場に崩れ落ちた。室内でも靴を履く文化のこの家で、メイドや俺付きの侍女が慌てるのも構わず泣き崩れた。

数あるネット小説の中でも、貴族に生まれて穏やかな生活を過ごせるものは少ないんだ！

俺は知ってるんだ！　領地のしがらみとか王家とのしがらみとかお家騒動とか、色々なものが俺を苛むんだ！　俺は詳しいんだ！

俺の予想通りというかなんというか、父は母の死後、1年の喪が明けたらすぐに後妻を娶ったらしい。あとから聞いた。そして後妻との間に息子が1人いる。俺の2歳年下の異母弟だ。あとから聞いた。

領都の屋敷で暮らしているから、王都の屋敷に住んでる義母や異母弟に一度も会った記憶がないけど、俺がお家騒動の火種であることは明白だ。

そもそも父親も宰相補佐とかいうエリートで、王都で暮らし、俺は一度しか会ったことがない。これは間違いなく、将来的に邪魔な長男として排除される流れ。俺は知ってる。

きっとテンプレ盛り合わせだ。そうに違いない。その予想から俺がまずしたのは、ハインツに隠れてステータスオープンと叫んだこと。まあやるよな。中二に戻ったみたいで恥ずかしかった。幼児だけど。

結果、別に叫ばなくても念じるだけで、ステータスが頭の中に流れてきた。項目としてはレベルとかはなく、魔法適性、スキル技能、恩寵の3つだった。

どうやらレベル制ではなく、スキル技能の熟練度制のようだ。そしてやっぱりついてた転生チート。

魔法適性：――
スキル技能：鑑定1
恩寵：成長速度増加　異世界言語理解　不確定因子

キタ、成長チート！　不確定因子ってのが何か気になるが、スキルの鑑定っていうのはおそらく成長チートによって会得したんだろうな。ステータスオープンって叫ぶだけで会得したのかと考えると、間違いなくチートだ。うん、成長チートを持っているなら話が早い。

それから俺は屋敷の書庫に籠もって片っ端から本を読み始めた。この世界で生きるのに無知はあまりにも無防備だし、将来的に為政者(いせいしゃ)になるなら馬鹿は罪だ。

　幸い前世から読書が好きだったが、生まれてすぐに言葉を理解した異世界言語理解のおかげで文字も読めたし、読めば読むほど頭に入ってきた。本を読んで知識を取り入れるのは楽しいし、俺は夢中で読書に没頭した。そんな俺の姿を、ハインツは何も言わずにじっと見ていた。継母(ままはは)あたりに報告するんだろうなと予想しているが、今はどうしようもない。なので無視だ。ハインツは俺の従者だが、父から与えられたのであって俺が選んだ従者ではない。そして継母の息がかかっていないという確証もない。俺の様子を定期的に父に報告しているのも知ってる。そのついでに、継母に何かしらの情報を流していても驚きはしない。まあその割に好きにさせてくれるし、今はそれでいいと思うことにした。

　今読んでる本は、ジャクリーンとかいう旅人の詩集だしな。読んでいるのがバレたところで問題ない。

　そしてこの従者であるハインツ、こっそり鑑定してみたらただの従者ではなかった。闇魔法という魔法適性の他に、隠密(おんみつ)やら隠蔽(いんぺい)やら、他にも偽装、暗器(あんき)などの技能を持ってた。完全に暗殺者じゃん。物騒すぎ。

　そのうちこの男にサクッと殺されるんだろうなと考えると、無気力に日々生きるわけにもいかない。とりあえずもらったチートを有効活用していこうじゃないか。子供じゃどうしても力じゃ敵わないから、魔法系を伸ばしていくしかない。かといって身体を全く鍛えないわけにもいかないし、悩ましいところだ。

そんなことを考えているある日、ハインツからこう言われる。

「メイリーネ様、今日から午後のお勉強の時間が始まりますよ」

「お勉強？」

「はい。メイリーネ様も5歳になりましたので、教養を身につけていかなくてはなりません」

なんのことはない、貴族の子弟は礼儀作法や教養を身につけるために、5歳の頃から家庭教師が雇われるらしい。この世界のことを知識として仕入れたかったし、ちょうどいい。俺はこくりと頷いて了承を示した。

授業のために用意されたという部屋に入ると、子供用と大人用の机と椅子がそれぞれ置かれ、背の高いおばさんが立っていた。

「初めてお目にかかります、メイリーネ様。教師を務めますトルデリーデと申します。よろしくお願いいたします」

「よろしくお願いします、トルデリーデ先生」

「トルデリーデ先生には、行儀作法の他に音楽や芸術、ダンス、社交の指導もしていただきます」

俺が挨拶をすると、ハインツがそう付け加えてドアの側へと下がっていった。

トルデリーデ先生の授業では、まずは言葉遣いの細かな指導を受けた。一人称は「俺」じゃダメだそう。「私」と言うようにと言われた。知ってた。僕やら拙者やら某やらも当然ダメだろう。この世界での翻訳はどうなってるのか分からないが、言語体系が英語に近いのなら曖昧そうだが、とりあえず貴族の子弟らしく私と言うようにしよう。心の中以外では。

「貴族のご子息であらせられるメイリーネ様には、優雅な仕草、礼儀正しい言葉遣い、また、相手を不快にさせない言葉、話題選びなどが必要になります」

どうやらこの世界の貴族社会では、まろやかな社交が求められているようだ。トルデリーデ先生から聞いた範囲では、求められている対応はご令嬢もかくやというようなお淑やかさだが、これも文化なのだろう。受け入れよう。心の中以外では。

「では、実践してみましょう。わたくしの机の上に羽ペンがあります。メイリーネ様はこの羽ペンをわたくしに取ってもらう時、どのように訊ねるのかをお答えください」

「はい。ですがトルデリーデ先生、私は女性にわざわざ席を立たせるような真似をしたくありません。どうか私に羽ペンを取りに行く許可をいただけませんか」

「まあっ。メイリーネ様はお小さいのに、もう紳士でいらっしゃいますのね」

俺の答えに、トルデリーデ先生が口元に手を当てて少しだけ頬を染めた。

「お気遣いをありがとうございます。女性への対応としては大変結構です。ですがこれは授業、教師であるわたくしに対してそのような気遣いをしてはなりません。教師は誇りをもって指導をしております。その言葉は、時に侮辱と取られることもございます。メイリーネ様が将来貴族社会にお出になった時、他の方に足元を掬われる要因となりかねません。これからは、状況や相手を見て、対応していけるようにいたしましょうね」

5歳の授業、厳しすぎないか？

そう思ったが、侯爵家の嫡男ともなると、求められるものも多いのだろう。行儀作法や言質を取られない程度の社交性を身につけないと、他の貴族の目に触れさせられないというのも分かる。俺は本腰を入れて授業を受けることにした。

次の日は午前中からまた書庫へと籠もり、昼食後に授業が始まった。

「本日は学問を担当する、バリ・トゥード先生の授業です」

バリ・トゥード先生は、白髪でぽっちゃりしてて小さい、優しそうなおじいちゃん先生だった。基本の文字やこの国の歴史、算術、基礎生活魔法なんかを学ぶ。あとは軽く宗教。

基本の文字は思った通り、英語に近い。だが所々アラビア語っぽい文字もあって、美しく装飾されている。そのあたりは個性というか、筆写師の癖や特色なんかが出て、人気の筆写師の本はすごく高価になるそうだ。

羽ペンにインクをつけて、書き取りの練習をしていく。どうも手が幼児なせいで力加減が難しく、紙にインク溜まりができてしまってうまく書けない。

「ふむ、メイリーネ様、大変お上手ですよ。初めてでこれほど書けるとは。もしや練習をされておいでてでしたかな？」

「いいえ、バリ・トゥード先生。ですが私は、もっと上手に書けると思っておりました」

「おやおや、志が高いのはいいことです。練習すればすぐに上達しますよ」

「はい。頑張ります」

おじいちゃん先生はにこにこしながら何度も頷いている。

書き取りのあとは基本数字を覚えて算術だ。この世界では10進数が採用されている。つまりダースとかの単位は通じないが、俺にも馴染みやすい。一桁の足し算引き算を教えられ、問題集をすべて解いた俺に、バリ・トゥード先生はいたく感激していた。

その次の日は剣の指導だった。屋敷の庭の裏に、芝の生えてない均された地面があり、そこに1人の男が立っている。ハインツよりも背が高く、厚みがある体躯。水色の髪と瞳で、甘い顔のイケメンだ。肩くらいまでの髪を後ろで縛っている、高身長マッチョ。ラスティル領騎士団の制服を着ているが、鎧はつけていない。

「初めてお目にかかります、メイリーネ様。ラスティル領騎士団、第二部隊の副隊長をしておりますユースティスと申します。本日よりメイリーネ様の剣術指南を担当させていただきます」

「よろしくお願いします、ユースティス」

「本来ならば隊長が指導させていただく予定でしたが、メイリーネ様とお話しさせていただくには作法が足りず、副隊長の私がお相手いたしますことをお許しください」

ユースティスはそう言って頭を下げた。俺知ってる、これ隊長に面倒くさがられてる奴。メイドが洗い場で噂話(うわさばなし)をしていたのをたまたま聞いていた。

ラスティル侯爵家は騎士を多く抱えているが、第二部隊はその中でも叩(たた)き上げというか、傭(よう)兵(へい)や冒険者から騎士団へ入った者が集まる部隊だ。方針は実戦向きで、隊長も元冒険者で、貴族のお坊ちゃんの剣術指南なんてやってられないとかなんとか。まあいいんだけどね。

「第二部隊は実力主義の勇ましい部隊と聞いています。多少の言葉遣いは気にしませんが、隊長の職務は忙しいのでしょう。もちろんユースティスで私は構いません」

「恐れ入ります。では本日はゆっくりと、身体を動かすことから始めていきましょうか」

ニコリとイケメンが優しく笑いかけてくる。このイケメン、子守りが得意そうだな。

その日、俺は棒きれを数回振り回しただけで両手剣の技能を覚えた。うん、手を抜こう。

お勉強の日々はそんな感じで過ぎていった。

音楽の授業は知ってる楽器ばかりで懐かしくなり、「エリーゼのために」をピアノで弾いたらトルデリーデ先生が腰を抜かしていた。

バリ・トゥード先生の授業は歴史が非常に興味深く、貴族の領地や役職に関する最近の授業が一番つまらなかった。

ユースティスの剣術指南では、あっという間に両手剣と片手剣の技能を覚えてしまい、子供のお遊戯を逸脱しないように細心の注意を払っている。

あと授業の合間に続けている読書で面白かったのは、読むだけで習得する技能と、そうでないものがあったことだ。魔法は魔導書や教科書を読んだだけじゃ覚えられなくて、読んだあとに実際に使ってみることで習得した。反対に読むだけで覚える技能には、速読や瞬間記憶なんかがある。地図を読んでちょっと書き写しただけで、測量がつくのはどうなの。


チートってすごいな、なんて思いながら日々を過ごしていたら、すぐに8歳になった。

3年で書庫の本はあらかた読み終えたし、剣の訓練でも勉強でも、相変わらず手を抜いている。年齢と知能に違和感が出ない程度にしようとは思っているが、平均が分からないし、ある程度教師の反応を見ながら手探りだ。

ここ最近は侍女たちが髪を伸ばすようにと言ってくるので、特にこだわりもないから伸ばし始めた。

どうやら俺は母親そっくりの美麗（びれい）な容貌をしているようで、鏡を見ると美幼女にしか見えない。顔のパーツに欠点らしい欠点がない。身体は小さくはないんだが、剣の訓練をしている割には細い。もしかしたら筋肉がつきにくい体質なのかもしれない。

ところで最近の疑問なんだが、どうして子供とはいえ、男の俺についているのが従者のハインツ以外はみんな、侍女ばかりなんだ？　着替えはさすがにハインツが世話をしてくれるが、他のことはほとんど侍女にされている。もしかしてテンプレハーレムのためのお約束なんだろうか。

この3年でしっかり知識を詰め込んだおかげか、魔法適性は晴れて全属性になった。この世界には火魔法、水魔法、土魔法、風魔法、光魔法、闇魔法があり、それぞれの適性の複合魔法や上位魔法が存在するそうだ。風魔法と火魔法の複合で雷魔法、水魔法の上位魔法で氷魔法など。

上位魔法はかなり希少で、熟練度を上げないと覚えられないらしい。と、書庫の本に書いてあった。

らしいが、俺は結構簡単に覚えてしまった。毎日こっそりトイレで魔法を使い続けていると使えるようになった。

なんでトイレかというと、貴族の坊ちゃんが1人になれる場所はそれくらいだからだ。あとは寝る前のベッドの中か。それでも隣の部屋に不寝番が控えているが。

全属性になって気付いたことがある。この世界の魔法体系、結構適当だ。

物理法則が機能してないのに、その気になれば水魔法で冷たくない氷を作ったりできる。水魔法で出す水の温度を調節し、ゆっくりと均一に冷やして過冷却水を作ることができるし、過冷却水はウォーターボールとして撃ち出したらもちろん凍る。水魔法なのに。

要は水の振動に関するアレヤコレヤになぜか物理法則が当てはまるのに、水自体は無から出てくる。まあ魔力なるものから変換している、と本には書かれていたが。

この水魔法で過冷却水を作ったあとに、ひっそりと俺の魔法適性に氷結魔法が追加されていた。氷魔法じゃなくて氷結魔法。マジで適当だな。

ということで、俺はとっととチートのテンプレを踏襲することにした。そう、みんな大好き空間魔法、あるいはアイテムボックス、もしくは空間収納。

魔力で異空間を感知し、ものを出し入れできるようになった。想像力の勝利って感じだな。異空間の中は時間が止まってるようだ。動物とか、生きたまま入れるのが怖いな。できないわけじゃないとこが怖い。テンプレだとだいたい生きてるものは入らないはずだろ。なんでだよ。

これは、魔法適性では時空魔法となっていた。名前からしておそらく他の使い方もできるだろう。追々やっていこう。

あとは、時空魔法を覚えるにあたって、魔力感知なる技能も身につけた。異空間を感知して操るのに必要だったけど、これがなかなか便利だった。周りの人間の魔力量がだいたい分かる。家の使用人だと、やっぱりというか、ハインツがずば抜けていた。メイドや侍女の魔力が1とするなら、ハインツは20くらいだ。

だがそのハインツよりも、俺はさらに魔力が多かった。馬鹿みたいな魔力量で、もう笑うしかなかった。

うーん、チートに際限がない。

この世界の神様的なやつ、一体俺に何させる気なんだ？

あとは生活上の不便の解消のために、浄化の魔法を覚えた。これたぶん体系では、水魔法と光魔法の複合にあたるのかな？　適性には聖魔法と出た。光魔法には初級のライトや癒やしがあるが、聖魔法はその上位互換で、治癒、回復、解毒、解呪なんかがある。

この中世っぽい世界、とにかく不潔なんだ。これでも貴族の家かというくらいに。風呂だって普通は毎日入らない。寝る前に身体を拭くくらいだし、トイレットペーパーもない。植物紙は羊皮紙ほど高価じゃないが、尻を拭けるほど安くもないらしい。布を巻いた棒で尻を拭いたあとに簡単に洗って使い回す。元日本人としては耐えられない。聖魔法を覚えるまでは仕方なく使ってたけど、そのせいで精神耐性なる技能がついた。あまりにもつらかった。

そんな8歳の俺の目下の悩みが、この馬鹿みたいに成長したステータスだ。

この国では貴族の子供は10歳になる頃、神殿で適性検査を受ける。魔法適性や技能適性、魔力量を調べるのだ。だいたい血統で魔法適性があり、それを鑑みて、13歳から入る学院で進路に合った教育方針をとるそうだ。まあ俺の魔法適性、初めは何もなかったけど。

俺の適性が詳らかにされれば、もはや神童も真っ青なチートぶりに、平穏な日常は別れを告げるに違いない。それで継母の邪魔になると判断されれば、ハインツに寝首をさっくり掻かれたりするんだ。俺は詳しいんだ。

ということで、チートの定番、偽装と隠蔽なる技能を覚えようと思う。これでステータスを隠せるのではないかと思ったのだ。

あとは魔力量の調整かな。これは書庫にあった神殿の本に書かれていた、鑑定石の仕組みを理解したので大丈夫だろう。血管の他に、魔力を巡らせる回路のようなものが体内にあり、常に魔力は循環していて、その回路を通る魔力の大小で魔力量を測ると書いていた。

丹田のあたりに意識を集中して、ゆっくりと体内を巡る魔力を感じていくと、それが熱のように指先や頭を温めているのが感じられる。生前よくやってた瞑想の要領で、回路を巡る魔力量の調整は難しくなかった。それと同時に、この瞑想、魔力操作のいい修行になることも分かった。放出する魔力量や操作の自由度が、目に見えて変わる。毎日やることにした。

問題は偽装と隠蔽だ。どうやって習得したらいいか分からない。殺人現場で証拠をでっち上げたり、痕跡を消したりとか？　まず殺人現場がないし、８歳のお坊ちゃんには屋敷から出る自由もない。８歳ならちょっとくらい街に出てもと思うんだが、この世界の衛生基準じゃ子供はどうしても死にやすく、治安の問題もあり、10歳になるまでは大抵屋敷の敷地内から出ることはないそうだ。

と、そこまで考えて気付いた。偽装と隠蔽なる技能を持っている奴が身近にいる。そう、ハインツだ。どうにかハインツから技能習得のコツを教えてもらえないかと考えてみるが、すぐに諦めた。どうせヤバい仕事で身につけた技能だろうからだ。だが何かしらの参考になるかもしれないと、普段のハインツの所作なんかを逐一観察してみた。そしたらこの男、石畳を歩く時にすらほとんど足音がしない。怖い。

とても8歳で真似できそうにない。ダメだ。他の方法を考えよう。

俺はハインツの観察で看破の技能を習得した。

「ん？　看破？」

思わず声が出て焦る。たまたまハインツが側を離れていて助かった。

もしかしなくてもこの看破、偽装や隠蔽を見抜くスキルだろう。つまり、俺はハインツの偽装や隠蔽を見抜いたというわけだ。これで鑑定の偽装なんかも見抜けるのか？

早速戻ってきたハインツに看破を使って鑑定してみたが、特にステータスに変わりはなかった。つまり、偽装や隠蔽でステータスを偽ることはできないということだ。

よくよく考えてみたら、偽装や隠蔽が使えるならハインツが暗器だの偽装や隠蔽だのの技能をそのままにしているほうがおかしい。隠すだろう普通。

うーん、どうしたものか。

一晩悩んで、俺は看破を自分に使い、その看破に抵抗する意識を持ちながら自分を鑑定するという方法を試してみた。

結論から言えば正解だった。2日ほど続けたら鑑定偽装という技能を覚えた。これで適性検査もクリアできる。早速偽装しておこう。


「メイリーネ様、今年の誕生日の贈り物には何をお願いされますか」

ある日、朝食後にハインツがそう訊ねてくる。

そうか、もうそんな時期か。

5歳の頃から毎年、父親から誕生日の贈り物があり、欲しいものをお願いしたら買ってもらえることになっている。まあ息子に会いには来ないが。

5歳の時は書庫にある本を読みたいとねだり、6歳の時は庭や屋敷の敷地の散歩をしたいとねだった。街に行きたいとねだったらダメだと言われて、庭の散歩を許され、御用商会を呼んで買い物させてもらえたっけ。欲しいものがなくてアメジストっぽい宝石を買った。部屋で埃を被ってるけどな。

7歳では、敷地内に温室を作ってもらった。世話は庭師に任せているが、いくつかの薬草を育ててこっそり煎じたりして、調薬技能を取得した。

8歳の去年は、書庫に読む本がなくなったから新しい本を頼んだ。すぐ読み終わったけど、20冊ほど新しい本をもらえた。詩集だった。

そして今年の欲しいものはもう決まっている。

「自分用の台所が欲しいです」

この世界、例に漏れずメシマズである。ほとんど塩味か素材の味しかない。たまに高級品の胡椒の風味がある程度で、パンは石ころみたいに硬いし、高級品である甘いお菓子は、砂糖か蜂蜜の塊みたいな物体だ。

そんなメシマズ生活のせいで、俺の食は細いし身体も細い。そろそろしっかり食べながら身体を鍛え始めたいので、この辺で口に合う食事の開発をしたいところだ。料理人に言って作らせるのはまだ保留。どこで誰の目に留まって面倒ごとが起きるか分からないからな。

「台所、でございますか？　何をなさるので？」

「それはもちろん、料理です」

「料理……」

ハインツの、「コイツ料理なんかできるのか？　また変な本読んだんだろ」みたいな視線が痛い。だがここで目を逸らしてはいけない。なんとしても台所を手に入れて、このメシマズ生活を卒業したい。

だが、数日後の父からの返事は不可だった。手紙には丁寧に9歳おめでとうの言葉と共に、貴族の子供が調理場に入ったり料理をするのは、恥ずべき行為なのだとか云々とやんわり書かれていた。

そして代わりにおままごとセット一式が送られてきた。なんでだよ。

だがこのおままごとセット、花の意匠が彫られていたりの可愛らしいことを除けば、結構使えた。子供が遊べる小さなサイズの鍋やお玉、簡易竈のようなものは、しっかりと鉄や石でできているのだ。貴族のおままごと、本格的すぎるだろ。

温室へ持っていって、書庫にあった本を片手に薬草やらその辺の石ころやらの精製なんかを練習して、錬金術の技能を習得した。

そうこうしているうちに10歳になった。今日は領都の神殿へと適性検査へ行く。

朝から騎士たちが馬車の前に待機していて物々しいし、いつも以上にひらひらで貴族らしい衣装を着せられて、家を出る前から疲労感がすごい。鎖骨あたりまで伸びたストレートの銀髪は、香油で艶やかに仕上げられていて、ラベンダーのきつい匂いがする。

衣装はロココっぽい刺繍でゴテゴテしたもので、素材は着心地からウールだ。シルクはないのか？　あと刺繍で服が重い。手描き染めとかで今度服を作ろう。俺は結構着飾るのは好きだが、機能性と実用性を兼ね備えている服が好きだ。

あと香油、くさい。そのままラベンダー香油の原液をべたべた塗らないでほしい。きっと高級品なんだろうけれど。これもいくつかの香りを集めて、自分でそのうち調香しよう。顔つきが西洋っぽいから、おそらく体臭もアジア人のようなほぼ無臭ではないだろう。東アジア系なら体臭遺伝子が機能してないからそこまで気にもしなかったけど。

どれだけ顔が女のように美しくても、フローラルの香りが勝手に体臭になることはない。きつい香油よりは、ほんのり香る香水か何かを開発したい。

「いってらっしゃいませ、メイリーネ坊ちゃま」

「はい、いってきます」

着飾った俺はにこにこ顔の侍女たちに見送られて、屋敷の表玄関につけられた馬車に乗り込む。最近は侍女たちの着せ替え人形になりつつある。そのあとにハインツが俺の向かいに座って、馬車が発車した。小窓を開けて外の様子を見ながらガタゴト揺られる。

しし、尻が痛い……。

馬車の乗り心地とか、魔法的な何かでなんとかならなかったのか？　こんなところだけ忠実に再現しなくていいのに。

俺が難しい顔をしているのを緊張していると思ったのか、向かいに座るハインツが安心させるように笑顔で話しかけてくる。

「そんなに緊張されなくても大丈夫ですよ。ラスティル家は代々強力な水魔法で有名ですが、先々代のご当主様など、水魔法適性を持たない領主もおられました。適性がなくてもお父上は落胆などされません」

「……ありがとうございます、ハインツ」

にこりと微笑を返しておく。別に父親に落胆されることを気にしてるわけじゃない。尻が痛いんだ。そもそも期待されてるのか？　ずっと王都にいて顔も合わせていないというのに。というか領主、俺が継ぐのか？　王都のほうでは弟が領主になるということでもうすでに話が進んでいそうな気がするけど。継母や弟との顔合わせの場すら設けられていないところを見るに、向こうはあんまり俺のこと好きじゃないだろ。屋敷の侍女たちやハインツは、今のところ皆優しいし、今の生活で満足してるから別に構わないんだけど。

屋敷の前の広場を抜けて大通りを走る馬車の周りを、馬に乗った騎士たちが並走している。

街の様子は想像していたような、ナーロッパふうの建物だ。木骨造り(もっこつ)で、白い漆喰(しっくい)か赤レンガの壁、屋根が三角の可愛い家が並ぶ。

窓は板戸なのかなと思ったけれど、ちょっと大きい家では、小さめの窓なら板ガラスがついている。これはたぶん魔法的なファンタジー効果でガラスが作れるんだろうな。おそらく合成や加熱なんかで素材の変性をさせる錬金術で作るんだろう。硅砂(けいさ)や石灰石あたりが手に入るなら俺も今度作ってみよう。屋敷の窓ガラスもそうだが、真っ直ぐで綺麗(きれい)なガラスはほとんどないから、難しいんだろう。ちょっと試してみたい。真っ直ぐなガラスができたら、裏に銀メッキを貼り付けて手鏡にでもしよう。

「10歳になってやっと街に出掛けることができるようになったので、適性検査は嫌ではありません」

「では、何か他の心配ごとでもおありでしたか?」

だから尻が痛いんだ、とは言わずに曖昧に微笑んでおいた。あとでこっそり尻に癒やしの魔法をかけておこう。

馬車から見るだけじゃ街の治安面はどうか分からないが、父は王都での仕事にかかりきりで、領の仕事はすべて代官に任せているらしい。暴動なんかが起きて屋敷への殴り込みやストが発生したこともないし、それなりにうまくやっているのだろう。

大通りを越えてすぐに、白い建物が見えてくる。神殿だろう。石造りっぽくて、見た感じギリシャ様式とロマネスクを足して2で割ったような建物だ。いよいよナーロッパ感が強い。入り口の側にある大きな女神の石像が、広げた両手を空へ向けている。うん、やっぱり見たことないな。

「ようこそおいでくださいました、メイリーネ様。こちらへどうぞ」

灰色の服を着た神官たちに出迎えられる。神官はみんな一様に薄い灰色がかった服で、質素だった。話は通っていたようで、そのまま出迎えの神官に案内され、祈りの間へと入る。祈りの間は天井が高く、薄暗い。窓は天井近くにあり、白く濁ったガラス板が嵌められていた。ステンドグラスはなかった、残念。

この祈りの間には適性検査を受ける本人と神官しか入れないため、ハインツや騎士たちは別室で待機だ。

「では、祈りを」

石像の前に跪いて、この日のために予習してきた祈りの言葉を心の中で唱える。この時には目を閉じるのが作法だそうだ。その後、神官に用意された水晶玉のような鑑定の石に手を当

てる。

もちろん、魔力量は調整しているし、鑑定偽装もしている。

魔力量は20段階の評価で、平民の平均値は3、貴族は5から15あたりで、王族になってくると17くらいだそうだ。俺はとりあえずうまく調整して12になるようにした。侯爵家の嫡男として恥ずかしすぎず、突出しすぎないのはこれくらいだろう。調整して魔力量を抑えないと、そもそも20を20周してもまだ余るだろうからな。転生チートには際限がないのだ。

また、魔法適性は水魔法と光魔法、スキル技能はなしにした。

水魔法は後々（あとあと）何か言われるのが面倒なので、一応持っているほうがいいと思ったのだ。

魔法適性がなくても生活魔法でライター程度の火を点（つ）けることはできるし、スキル技能がなくても剣で戦えたり調薬ができたりはする。あれば動きが目に見えて変わるが。

つまりスキル技能というのは、熟練度が一定に達したら表示されるものだということだ。でなきゃ料理の技能を持ってない主婦のおばちゃんたちが料理を作れるのは変だし、魔法適性がなくても生活魔法が使えるのもおかしい。だからスキル技能はないということにして、本で読んだ知識程度、という設定にしておく。

「メイリーネ様は珍しい光魔法に適性がおありですな。よろしければ神殿で癒やしの魔法をご指導させていただきますぞ」

偉い神官っぽいおじいちゃんが、俺の鑑定結果を見て言う。

光魔法と闇魔法は適性を持つ者が比較的少なく、平民であればほとんどの場合、神殿に囲われると書庫の本に書かれていた。貴族の子弟や庇護(ひご)がある者はそうはならないが、今この目の前のじいさんは、俺を神殿に勧誘しようとしているのだろう。

「せっかくですが、専属の教師がついておりますので」

「そうでございましたな。ラスティル家ほどの家であれば、さぞ高名な教師の方をお雇いでしょうな。ですが、困ったことがあれば、神の家はいつでも門戸を開けております、なんでもご相談くだされ」

おじいちゃんは残念そうにしながらも、そう言って引き下がっていった。

神殿では救護院を運営していて、癒やしの対価をお布施(ふせ)という形で収入源にしている。平民に光魔法の適性があっても、魔力量がそう多くないせいで追いついていない状況なのだろう。

だが俺は別に治癒士になりたいわけじゃないし、諦めてもらおう。

「メイリーネ様、いかがでしたか?」

祈りの間から出てきた俺を、ハインツと騎士たちが待っていた。ハインツは少し緊張した様子で、俺の結果を訊ねてくる。

「魔力量は12、魔法適性に水魔法と光魔法がありましたが、スキル技能はありませんでした」

途端にざわり、と騎士たちがざわめいた。驚きの顔と、感嘆の溜息、それに少し剣呑な雰囲気が交じる。

ん？　なんでそんなに殺気立ってるんだ？　ちょっとこわい。

「光魔法とは……！　おめでとうございます。とても珍しく、有用な魔法です。習熟された暁には、非常に重宝されるでしょう。魔力量も申し分ないですね」

「ありがとうございます。今まで生活魔法の指導をお願いしていましたが、これからは水魔法と光魔法を重点的に教えてもらわないといけませんね」

「はい、魔法の教師を新たに手配いたします」

「それよりも、せっかく屋敷から出たので、少し街を歩いて回ってもいいですか？」

外出は10歳からと言われていたし、ちょっと帰りに寄り道したっていいだろう。そう思ってハインツに訊ねたが、どうも返事が芳しくない。

「本日は、馬車で街を見るだけにいたしましょう。護衛騎士の人数調整などもありますので、街歩きは後日改めて予定なさってはいかがですか」

え!?　こんなに護衛の騎士がいるのに？

というか、そんなに大仰じゃなくていいんだよ。市場とか覗いてみたいだけなんだから。視察とかそんなんじゃないから。

「……どうしてもダメですか？」

俺は悲しい顔でハインツを見上げた。もう10年も屋敷に引きこもり軟禁生活なんだ、ちょっとくらいわがままを聞いてくれないかな、と期待していたが、ハインツは俺の前で膝をつき、困ったような顔で申し訳なさそうに言った。

「メイリーネ様にもし何かがあった際に、この護衛の人数では守りきれない可能性があります。どうか聞き分けてはいただけませんか。代わりに、帰りは少しだけ馬車で遠回りをいたしましょう」

折れてくれそうにないハインツの様子に、俺は潔く諦めて馬車へと乗り込んだ。俺を囲んでいた騎士たちがこっそり胸を撫で下ろしているのを見て、もしかしてこの街はすごく治安が悪いのか？　とちょっと不安になった。

「広場にある井戸は、皆が共同で使っているのですか？」

「はい、領都の西に浅い森があり、そこに流れている川からも水路を引いていますが、この街は井戸も多く設置されています」

広場の片隅に設置されている井戸は、石積みの両端に柱があり、柱同士を木で固定、そこに紐を通してバケツで水を汲むようになっていた。見たところ手押しポンプは設置されていないようだ。

「森があるのですか。行ってみたいです」

「西の森は浅く、生息する魔物も弱いですが、メイリーネ様が行くような場所ではありません」

「そうなのですか」

いや行ってみたいんだけど。スライムくらいなら魔法で倒せたりしないか？　俺だってちょっとくらいは実戦経験を積みたい。

思っていたよりも、この世界の貴族子弟は過保護に育てられるようだ。いくら貴族の子供でも、健常な男の子が屋敷から出してもらえず、家庭教師をあてがわれて勉強しながら日々お茶を啜（すす）るだけなんて、耐えられないだろう。まるで深窓のご令嬢だ。

ちょっとそのあたりはそろそろハインツと話をしよう。10歳の適性検査までは屋敷で、という話を聞いていたから俺も10年耐えたのだ。これ以上は正直耐えられない。というか、プラハみたいな可愛い街並みを見ちゃったら、普通に歩き回ってみたくなる。死ぬ前に1回は行ってみたかったなあ、チェコ。


「ハインツ、聞きたいことがあります」

屋敷の自室に戻った俺は、お茶を用意したハインツを呼び止め、ソファに浅く腰掛けて背筋を伸ばした。

「どのようなことでしょうか、メイリーネ様」

「私が外へ出掛けることについてです。私は10歳になるまでに一度も屋敷から出たことがありませんが、それは10歳までは子供を外に出さないものだからだ、と教えられました。ですが今日、私はハインツに、街や森へ出ることを控えるように言われたと感じています」

「メイリーネ様、それは……」

「10歳までは外に出さない、というのは、父の意向でしょう。ですが今後のことについては、どういった理由か聞いておきたいのです。もしかして私は、外に出すのが恥ずかしい子供なのでしょうか？　その場合、どこを改善すればそうではなくなるのでしょうか？　それをハインツに聞きたいのです」

「メイリーネ様が恥ずかしいなど、屋敷の者は誰一人として、決して思っておりません。ご当主様もそうです、メイリーネ様をご心配されての教育方針でございました」

「では、今後についてはどうですか？」

「それは、……メイリーネ様が光魔法の適性をお持ちであることが、主な理由になります」

ハインツに詳しい話を聞いたところ、光魔法がちょっと珍しくてラッキー、くらいだったのは、どうやら百年以上も昔の話だそうだ。書庫にあった本、時代遅れだった。

現代だと光魔法、とりわけ癒やしの力を持っている者はほとんどおらず、いたとしても、どうしてか魔力が豊富な人間には適性が現れにくく、魔力量が3や4程度の平民や下位貴族の者ばかりだそうだ。癒やしの力は魔力量に左右される魔法だ。3や4程度の魔力量では大した癒やしは与えられない。

そして光魔法の適性を持つ数少ない平民を、神殿が攫っては囲っているそうだ。神の奇跡として癒やしを人々に与える、という建前の下、ほぼ監禁状態で指示された相手を癒やし続ける生活を死ぬまで強要させられる。それで神殿はお布施と称した賄賂を金持ちから集めているのだとか。

つまり魔力量が豊富な俺は、街歩きをしようものなら神殿の手の者に拐かされる可能性が非常に高いのだと。

……もしかしなくてもやっちまった感がすごい。

俺、何かやっちゃいました？　ってやつだけは！　したくなかったのに！

「……それだけではございません」

俺が内心頭を抱えていると、ハインツは言いづらそうにさらに言葉を続けた。

「今後、王家や高位貴族の方々が、メイリーネ様を欲しがる可能性が非常に高いと考えられます。魔力量が11以上あれば、男性であっても嫁入りが可能なことを考えますと、どこからかメイリーネ様の情報が漏れ、強引な手段を取ろうとする輩が現れないとも限りません」

「……ん？　今、嫁入りと言いましたか？」

「はい。魔力量が11以上であれば、神殿が配布する妊娠薬により、同性間でも子を成すことが可能になります。13歳で王都にある学院へご入学されるのは貴族子弟の義務ではありますが、それまではできるだけ情報を伏せたほうが安全かと存じます」

待て待て、情報量が多い！

そんな当たり前のような顔で言わないで、全部初耳だから！

2章　深夜の外出

人目につかなければ、ちょっとくらい外に出てもいいよね。だって人目についてないんだもの。ってことで、適性検査を終えたその日の夜に、俺は屋敷から抜け出すことにした。どうしても試してみたいことがあったのだ。

13歳になったら王都に行くだとか、男と結婚するかもしれないだとかの話を昼間に聞いて、夕方には結構荒んでいたけれど、よく考えたら日本にいる頃の俺、バイだったから、そう気にすることでもないと気付いた。

将来的に男と寝ることになるのが問題なのではなく、結婚するというのが問題な気がする。今のところ、前世の意識のままなので結婚願望が全くと言っていいほどないのだ。ただ、侯爵家の嫡男に生まれた以上は、嫁入りしないにしても結婚は必要だろうなと思う。

もういっそ出奔するか？　ウェブ小説の定番のように、出奔するなり追放されるなりのあと、冒険者としてひっそりと生きていくというのも手だ。そうしたら結婚しなくて済む。それに平民なら貞操もそこまで気にしなくていいだろうから、年頃になったらそれなりに遊んだって許される。今のところ身体は子供なので、そんな欲は湧いてこないが。

この世界での男女の関係性や同性での結婚観については未知数だし、嫁いだ先で軽んじられ、薬壺のように扱われるのかもしれないと考えると、今から身の振り方を考えておくことは必要だ。そしてそれには外の情報がいる。今日のハインツの話で痛感した。

屋敷の皆が寝静まった夜更けに、俺はベッドでゆっくりと目を開けた。しっかりと閉じたキャノピーの中、寝巻きのままで魔力をゆっくりと練り上げる。時空魔法のひとつ、転移を使うためだ。この転移、結構早くに使えるようにはなっていたんだが、長い間視界の範囲内にしか転移できなかった。転移した場所にものがあった場合のリスクをクリアできなかったのだ。

石の中にいる状態なんて、こわすぎる。

だが転移における、特定座標に物体を現界させる過程の組み立てを変えたら解決した。要は俺の身体をそのまま一気に移動させるのではなく、特定の座標に点として現界させたあと、俺の身体をその点から再現していく方法にしてみた。それなら身体の中に異物がいきなり入ったりしないし、目標の点座標が石の中になった場合は、転移座標をずらすようにすればいいだけなので簡単だ。

「よし、っと」

屋敷のベッドから街の広場へと転移し、そこから身を潜めるように転移を繰り返して数分。

俺は無事に街の外、西の森の中へと到着した。

魔力感知の範囲内には周りに誰もいないが、魔力を持たない動物や、もしかしたら感知に悟（さと）られないように魔力を抑えている魔物がいるかもしれないので、一応周りを警戒しておく。

空間収納から、こっそり収納しておいた靴を取り出し、素足を綺麗にしてから履く。こんな夜更けに、森の中に寝巻き姿の子供がいるなんて怪しすぎるが、人目につかなければいいのだ。だって人目についていないんだから。

それから、靴と一緒に出していた大きめの羊皮紙を地面に広げる。そこには複雑な文様（もんよう）と図形が連なっている。

そう、召喚（しょうかん）魔法なるものを試してみようと思ったのだ。

召喚魔法は、各属性魔法の上位に位置し、属性の聖霊、もしくは聖獣を呼び出せるというものだ。自分の魔力波長に合わせた召喚陣の作成が非常に難しく、書庫にあった研究論文を読んでも、すぐには召喚陣を組み立てることができなかった。

おまけに結構魔力を食うものだから、もしかしたらとんでもない光だったり魔力の奔流（ほんりゅう）があるかもしれないと危惧（きぐ）し、トイレ魔法使いの俺は、周りにバレないように試すことができなかったのだ。

どうも俺の周りには情報が不足している気がする。箱入り息子なんてもんじゃないレベルで。

俺がこの世界の常識を知らず、馴染んでいないというのもあるだろうが。

召喚した聖霊や聖獣が知性体であるなら、外の情報を仕入れることができるのでは、と思って、今回は強行したのだ。

膝をついて地面に広げた羊皮紙に手を置き、ゆっくりと魔力を流し込んでいく。黒インクで書いた召喚陣が淡く光を帯び、ぐんぐん魔力が引き出されていく。

ん？　思ってたより必要な魔力が多いな。本ではこの半分以下で召喚陣に魔力が満ちると書いてあったが。

そう思いながらも魔力を込め続けると、最後にはビカっと大きく魔法陣が光り、目の前にゆらりと人影のようなものが2つ現れた。

おお？　同時に2体召喚されるとは聞いていないな。もしかして召喚陣を書き間違えたか。

そのせいで多めに魔力が必要だったのかもしれない。

「おや？　これは珍しい、人の大陸ではありませんか？」

「そのようですね。人の匂いを嗅ぐのは久しぶりですが、間違いないでしょうね」

ライトの生活魔法を使ってあたりを照らし、声の主を確認すると、10代後半から20代前半くらいの、年若い娘が立っていた。黒髪に黒目、双子のようにそっくりで、耳の位置にはくるりと丸まった羊の角をつけ、長い尻尾がワンピースの裾から伸びている。

双子の娘は見上げる俺と目を合わせると、猫のような目を細めて笑った。見た目は日本人が想像するようないかにも小悪魔、それも萌え系の奴だ。所々ナーロッパが顔出してくるな。

「我らを喚んだのは貴方様でしょうか？　可愛いひと」

「まあっ、本当に可愛いひとですわね」

「召喚したのは俺だが、初めて試したから勝手が分かってないんだ、悪いな」

クスクスという、からかうような笑い声を聞き流し、膝についた砂を払って立ち上がる。

「聖霊召喚のつもりで召喚陣を組んだんだが、どこか間違っていたか？」

「間違っておりませんよ。我らは聖霊ですわ」

「ん？　お前ら、悪魔だろ」

「おや？　我らが悪魔に見えるので？」

まるっきり悪魔に見えるぞ。悪魔じゃないなら堕天使的なアレか？　確かに聖霊といえばキリスト教やイスラム教では天使のことだが、そんな設定、こっちでも同じなのはおかしくないか？　宗教の話だから根本的に違うだろう、普通。

「ちょっとどいてくれないか？　召喚陣をもう一度確認したい」

双子娘たちの下敷きになっている召喚陣を覗き込み、淡い魔力光を放ったままの召喚陣を確認していく。そもそも2人召喚するように組んでないし、悪魔が召喚されるのも想定外だ。神

殿にバレたら悪魔崇拝者とか異教徒とか言われて火炙りにされそうだ。それを考えると、屋敷で召喚魔法を試さなくて本当によかった。

「……」

「……」

「改良の余地があるにはあるんだろうが、指向性を持たせる部分に属性を追加すればいいのか？……うーん、ちょっと知識不足だな……父に新しい本をねだってみるか……」

だが召喚魔法はあまりメジャーな魔法ではない。というか、使い手がなかなか存在しない非常に珍しい魔法なのだ。エルフには妖精を召喚する魔法があると聞くが、それも詳しくは分かっていないらしいし。

色々と考えながら召喚陣を確認していると、ふわりと後頭部に柔らかい感触がした。同時に、熟れた南国の果実のような甘い匂いが鼻孔を擽る。

「せっかく召喚してくださいましたのに、お相手いただけないのは寂しいですわ」

「そうですわ、可愛い方。まずはお名前を教えていただけませんか？」

「悪魔に名前を教えるわけないだろ。あと、契約とかしないから。ちょっと試しに喚んだだけだから。召喚陣の魔力が尽きたら帰ってくれ」

胸を押し当てながら話してくる双子娘たちにそう返すと、驚いたように少し高い声を上げる。

「おや、悪魔との契約の作法をご存知だなんて、可愛い方は博識でいらっしゃいますねぇ」

「やっぱ悪魔なんじゃん」

「おほほ、一般論の話ですわ」

俺の言葉に、腕に擦り寄って胸を押し付けてきたほうの娘が悪びれずにそう答える。別に悪魔との契約の作法なんか知らない。ちょっと地球の創作物の知識があるだけだ。

「ですが一般論では、名前だけで契約はできませんでしてよ。悪魔との契約には名前と契りの儀式の両方が必要ですわ」

「あくまで一般論、我らのことではありませんけれど」

ほほほ、と笑う双子に、俺は溜息を吐いた。悪魔って、やっぱり嘘つきなんだな。ここまで息をするように嘘を吐かれると、いっそ清々しさまである。

「悪魔との契りの儀式ってどんなんだ？」

「その悪魔の種族や階級によって違いますわ。悪魔には種族があり、種族の中でも階級がございます」

「お前たちとの契りの儀式は？」

「それはとてもとても……まだ幼くていらっしゃる可愛いお方にはお教えできませんねぇ」

「我らは基本的に、成熟した個体としか契約をいたしませんので」

戯れるように俺の髪を撫で、耳元で甘い声を囁く。もしかして、サキュバスとか、淫魔とか言われる悪魔なのだろうか。それなら俺が対象外なのも頷ける。まだ俺には精通が来ていない。身体としては子供なのだ。

「やっぱ悪魔じゃん」

「ほほほ、例えばの話ですわ」

「そう、例えばの話。我らと契約ができる者など、いるとは思っておりませんもの」

「じゃあやっぱり、契約と称して俺を騙す気だったわけか」

「いえいえ、そのようなことはございませんよ。可愛いお方は人が悪うございます」

「久しぶりに大きな魔力に惹き寄せられたので、気分が盛り上がっているだけでございます」

にこにこと機嫌よくそう話してくる双子娘の相手をしながら、召喚陣を眺めていたら、急にライトの魔法が消えた。あたりが暗闇に戻り、召喚陣のぼんやりとした魔力光だけが視界の中で鮮明に映っている。

あれ、と言おうとしたが、その声は音にならなかった。

「いけませんよ、こんなところで悪魔の召喚をするのは」

知らない男の声が、頭上から聞こえた。

ひゅ、と喉から音が鳴る。

俺の後ろにいたはずの双子娘は、いつのまにか俺と距離を取って、召喚陣の奥側に立っていた。首筋の、ちょうど頸動脈あたりにひやりとした柔らかい感触がある。そこから、命を握られている実感が、嫌でも全身を駆け巡った。

指を添えられているだけ。それなのに、全身が金縛りにでもあったように動かない。

「おやまあ、どなたかと思えば」

「懐かしい顔ではありませんか」

どうやら双子娘の知り合いのようだ。だが俺と話していた時と違い、2人には警戒の気配がある。嘲笑の色を含んだ視線が俺を通り過ぎ、後ろにいる存在へと向けられていた。

ビリビリと肌を刺すような圧力が双子と後ろにいる存在の両方から感じられ、俺の頭の中にはガンガンと警鐘が鳴り響いていた。

ヤバいヤバいヤバいヤバい。

今すぐここから逃げ出せ、と身体が危機を知らせてくる。それなのに、足先から這うような恐怖に捕まって動けず、膝を震わせることしかできない。

俺を見捨てて敵の間合いから逃げやがって！　と頭の片隅で双子娘を恨めしく思うも、俺が同じ状況でもそうしただろう。誰だって初対面の奴より自分の命のほうが大事だ。そもそもこいつら悪魔だしな。

「……ああ、なるほど。よくできた召喚陣だ。これなら確かに、魔力さえ満たせば召喚が可能になりますね。それも実体を顕現させたのではなく、魂の一部を魔力で再現している。興味深い」

気配は得体の知れない恐ろしさを纏っているのに、男の声は穏やかでゆったりとしたものだ。

「……ふむ。これは君が考えたのですか？」

その言葉と同時に、頸動脈に添えられていた指が顎へと伝い、ゆっくりと顔を上向けられる。指の動きは優しく丁寧だが、その指先の冷たさはまるで鋭利な刃物を押し当てられているようだった。

「……ッ」

向けられているのは、間違いなく殺気だ。

俺はろくな抵抗もできず、青ざめているだろう顔を上げた。暗闇に幾分か慣れた目は、森の木々の隙間から見える月と、その月と同じ、抜けるように色の薄い金髪の男を捉えた。

少し垂れ目で優しそうな目尻と長い睫毛、整った鼻筋、銀縁の眼鏡が利発そうな印象を湛え、口元は穏やかに微笑んでいる。それなのに、眼鏡の奥にある血のように紅い瞳だけが、この男に得体の知れない恐ろしさを纏わせていた。

ごくり、と喉が鳴る。

「可愛いお方、目を合わせてはなりませんよ」

「その男の魅了はとても強力です。一度かかると二度と正気には戻れません」

見惚れていたのだと気付いたのは、双子娘の言葉を頭で理解してからだった。ビクッと身体が弾かれたように跳ね、それと同時に顎に添えられていた手を払いのける。

震える膝に魔力を込め、身体強化を発動させて飛びのいた。

身体強化は、イケメンマッチョのユースティスに剣術指南をしてもらっている時に習得した。踏み込みからの素振りをしていた時に、頭が暇なので魔力操作の練習でもしようと思って同時にしたら発現した。急に地面に足形がつくほどの力が入って、びっくりしたのを覚えている。

双子娘が立っている召喚陣の奥へと着地し、眼鏡の男と向かい合った。

「おい双子娘、こいつも悪魔の仲間か？」

「可愛いお方、あのような出来損ないを悪魔だなどと」

「我ら悪魔といえど、同じと思われますと少し傷ついてしまいますわ」

「そう、人で言うところの、心が痛むというものに違いありませんわ」

「やっぱお前ら悪魔なんじゃん！」

悪魔はこんな時でも楽しそうだなぁ!?

まあそれはそうか。この双子娘たち、話を聞く限り実体で召喚されているわけではなさそうだ。ならここでこの男に殺されても、本体は問題ないんだろう。殺されて困るのは俺だけだ。

よし、なら戦う必要はない、逃げよう。こんな得体の知れない存在と戦ってられるか。俺はまだスライムとかゴブリンとも戦ってないんだ！　初めから人型の、魔物かどうかも分からない奴と戦うなんてハードルが高すぎる！　むしろゴブリンよりもスライムよりも、鶏とか兎とか普通の動物を捌くくらいから始めたかった！

悪魔ではないらしい男は、俺が振り払った手に少しだけ視線をやり、双子の言葉を気にしたふうでもなく首を傾げている。

「ですが召喚陣があるとはいえ、古代種である貴女がこの大陸へと分身体を持ってこられるのはおかしいですね」

「ほほほ、いにしえの盟約には、もうほとんど効力はありませんよ」

俺を無視して中二な会話をしている。そういうの別に聞きたくないよ。黒歴史を思い出して心が傷ついちゃうから。

「まあいいでしょう」

そう言った男が目を僅かに細めたと思えば、パチ、と小さな音が鳴り、召喚陣の書かれた羊皮紙の角に黒い炎が灯った。炎はゆっくりと燃え広がり、俺がインクで書いた召喚陣の端を飲み込んでゆく。

同時に、俺の側に立っていた双子の白い生足が下から透け始める。

その時、咄嗟に水魔法を発動させたのは、特に何かを考えていたからではなかった。黒い炎を覆うように水を落とすと、すぐに爆発するように水蒸気へと変わる。

「う、わ」

熱い湯気を振り払って羊皮紙を覗き込むが、黒い炎は勢いを弱めることもなく、淡く光る召喚陣をじりじりと灰にしていく。見た目通り、ただの炎じゃない。まさかこの男が某白書に出てくる邪王炎○拳の使い手なんてことはないだろうが、とにかく火を消さなくては。水がダメなら酸素をなくすか。風魔法で空気中の成分を操って分離させて……。

そう考えながら手を黒い炎に近付けて魔力を練ろうとした時、とん、と額に当てられた柔らかな感触に止められる。

双子娘の片割れだった。

白く細い人差し指で俺の額に触れ、覗き込むように顔を傾けてくる。その表情にはどこか愉しそうな、興味深そうな笑みが張り付いている。

「可愛いお方、その炎に近付いてはなりませんよ。一度触れれば灰になるまで消えません」

「だが……」

召喚陣が燃えたら、お前たち消えちゃうじゃないか！　いやだ！　俺を1人にしないで！

俺の切実さをまるっきり無視したように、双子娘はクスクスとさも楽しそうに笑った。

「やはりとても興味深いですわね」

「どうにも別れるのが惜しいと思ってしまいますわね」

双子娘は顔を見合わせたあと、目を細めて手のひらを差し出してくる。その上には真っ赤な、クッションカットを施(ほどこ)された宝石が載(の)せられていた。

「可愛いお方、せっかくですので、お別れの前にこれをお受け取りになって」

「2人で1つの、我らの魂の呼び名ですわ」

反射的に手を差し出して宝石を受け取ると、俺の手のひらで宝石はすっと溶けるように消えていった。その間にも黒い炎はどんどん羊皮紙を飲み込み、黒っぽい灰だけを地面に残していく。

「可愛いお方がもしこの場を生き延びることができましたら、ぜひ魔界にお越しくださいね。歓迎いたしますわ」

「可愛いお方はとても興味深いのですもの」

「可愛いお方はとても愉しいのですもの」

ほとんど姿が透明になっても、完全に召喚陣が灰になって消えるその瞬間まで、双子娘たちは喉の奥から響かせる笑い声を止めなかった。

小さくジッ、と音がして、羊皮紙が完全に燃え、あたりには沈黙が降りる。

灰になった羊皮紙がさらさらと風に流れていくのを見ていたが、ふう、と男が息を吐く気配ですぐに現実へと引き戻された。

「うーん、僕がこの場を見逃すと思っているのかなぁ……」

揺れる前髪の間から見え隠れする眉が困ったように下げられ、穏やかな笑みを作ったままの唇が、俺の知らない言葉を紡ぐのが見えた。

ヤバい、と思った時にはもう遅く、地面から現れた影が何本もの鞭のように俺の手足に巻き付いてくる。

ぐ、こんなもの……！

魔力を全身へと流して身体強化を発動しようと力を込める。纏わり付く影を振りほどこうとしたが、それより先に身体が急速に脱力し、かくりと地面に尻もちをついてしまった。

その間も男は穏やかな笑みを絶やさず、それでいて紅い目だけが俺を無感動に見つめている。

「古代種の悪魔など、人の身で召喚してはいけませんよ」

「……」

「あれはハーピーと同じように、意味も理解せずに人の言葉を使い、耳を傾けた人間を内側から食べてしまう存在です」

男は子供に言い聞かせるように、穏やかな口調でそう話しかけてくる。まあ見た目は子供に見えるから、その対応は間違ってない。ただ革靴で木の枝を踏んで歩いているのに足音がしないせいで、人間っぽくはない。

とにかく動かないとマズい。男を睨みつける視線は逸らさずに、何度も身体に力を入れようともがく。丹田から魔力を練って四肢へと巡らせるまではいつも通りなのに、身体強化を発動して力を入れようとすると、なぜか途端に力が抜けてしまう。

身体が言うことを聞かない焦りに、ぎり、と唇の端を噛んだ。犬歯で切れた唇から、鉄の味がした。

「おや？」

足を止め、すん、と鼻を鳴らしたと思ったら、男は急に足を早めて俺に近付き、しゃがみ込んで顔を覗き込んできた。

「……」

なんだ？　唇付近に視線を感じる。

眼の前の男の動きを一挙手一投足見逃さないように意識を集中させていると、覗き込んできた顔がさらに近付いてくる。曲げられていてなお長い男の足の膝が、投げ出された俺の太股に触れた。

え？　おい、まさか。

視界がぼやけるほどに顔が近付き、唇の端に生温かい感触が触れる。舐められたのはすぐに分かった。だが理解が追いつかず、かろうじて目を閉じないようにするだけで精一杯だった。

俺の引き結んだ唇の上を撫でるように舌が滑っていき、すぐに顔は離れていく。

視認できるまで離れた男の顔は、今まで一番困ったように笑っていた。

「……いや……うーん。困ったな。僕は別に食べるつもりはなかったのに……」

美味しそうだ。

男の薄い唇がそう動いた瞬間、全身が粟立った。急に周りの空気が温度を失ったように、足先から頭の上まで、全身が震え始める。

食われる……ッ！

青ざめた俺を見て、男は目尻を下げて喉の奥で笑った。

「さすがに子供はちょっと……まあ、これも何かの縁でしょう」

男の唇がまた、俺の認識できない言葉を紡ぐ。それは一瞬のことで、俺の四肢を雁字搦めにしていた影が寝巻きの裾を掴み、ぐっと持ち上げた。

「な……!?」

薄い腹から胸にかけてが露わになると、そこに男の指が這う。同時に、一度は離れた顔がまた近付き、今度は耳の後ろへと鼻先が寄せられた。

「ん……ッ」

冷たい指の感触に腹が震え、喉が上下する。さっきから混乱したままの頭は、ずっとどこか遠くで警鐘を鳴らし続けていた。

すう、と耳元で息を吸われ、そのあとゆっくりと長く吐き出される。指先の冷たさに反した熱い吐息が首筋にかかり、俺の喉は勝手に震えた吐息を漏らした。

その様子を見て、男が俺の耳元でクスリと笑う。同時に、胸のあたりまで這い上がってきた冷たい指先から、痛いほどの熱が押し付けられた。

「ぁ……ぐ……ッ！」

叫び声を上げなかったことを褒めてほしい。肌の上から焼け付くような熱を押し付けられて、俺の身体は勝手に暴れようとする。けれどそれも絡みついた影に押さえ込まれていて、ビクビクと跳ねる程度の動きにしかならなかった。

熱い熱い熱い痛い。

歯を食いしばって、喉から勝手に出そうな言葉を押し留めた。額から冷や汗が垂れる。

まるで皮膚の内側に焼きごてを押し付けられているような、永遠とも感じられる痛みが終わったあとには、俺は完全に息が上がり、視界がぼやけていた。

ぜぇぜぇと肩で息をしている俺を気にしたふうもなく、男は立ち上がってあたりを見回した。

いつのまにか身体を押さえていた影は消えていたが、全身が痺(しび)れたように動かなかった。

「1人で帰れますね？　では、また大人になったら会いましょう」

涙目で睨み上げている俺を見下ろした男は、それだけを言ったあと、闇に溶けて消えた。

あたりには今度こそ、俺の荒い吐息以外は残っていなかった。

3章　ヤバい子供

そうだ。強くなろう。

俺が強くてなんでもできるようになれば、変な男の予言めいた言葉を気にすることもなく、胸に押された謎の焼印のことも解決するし、寝不足も解消されるし、恋人もできる。そのうちガンにも効くようになる。きっとそうだ。

男が消えたあと、俺は立ち上がれるようになるまでしばらく森で息を潜めていた。

相当な憔悴ぶりだと自分で分かってはいたが、魔力を振り絞って屋敷の自室へと転移し、ヘトヘトになりながらベッドに潜り込んだ。

こんな時でもしっかり靴を脱いで収納し、寝巻きについた土汚れを綺麗にしていたのは、我ながら意外と冷静だなと思う。

けれど疲れすぎていたのか、あまりの恐怖体験のためか、眠ることはできなかった。そうして朝方まで考えに考えた結果、先ほどの結論に達したのだった。

俺は一睡もしていない頭のまま、まだ日が昇りきらないうちにベッドから起き出し、寝巻きから動きやすいシャツとズボンに着替えて部屋を出る。まだ侍女たちやハインツは起きていないので、自分で着替えた。普段はハインツに着替えさせてもらっているが、ジャパニーズ庶民出身なので、着替えくらいは自分でできるのだ。

屋敷から出て、庭で軽くストレッチをしてからランニングを始める。そう、やはり筋肉。筋肉は裏切らない。昨夜だって、筋肉さえあれば身体強化がうまく発動しなくても、もっとやりようがあったはずだ。これからは毎朝走り込みをし、勉強の時間の他に剣の鍛錬の時間も多めに取ろう。

あと食事。もうメシマズだから食が細いとか言っていられない。栄養バランスと量をしっかり確保して、味にはもう目を瞑る。俺はマッチョになる。

自重筋トレと全身運動、あとは魔法の訓練も本格的に始めたい。そろそろトイレ魔法使いも卒業だ。ハインツが魔法の先生を呼んでくれると言っていたから、それをとりあえず待とう。

その間に魔力操作の訓練を今以上のスケジュールでやろう。昨日の男に比べて、俺の魔法の発動は圧倒的に遅かった。丹田から魔力を練る工程からして、まず遅すぎる。これは改善の余地ありだ。

そんなことを考えながらランニングを続けていたら、後ろから声をかけられる。

「メイリーネ様、何をなさっておいでですか！」

ハインツだった。従者服をきっちりと身に着けて朝の身支度を終えた男が、俺と並走するように歩いている。そう、歩いているのである。もしかして競歩の選手なのかな？　しかも歩き方が優雅だ。足音もない。

言っておくが、これは決して足があまりにも短いせいで俺の走るのが遅いとか、あまりにも肥満体質なせいだとかいうわけではない。そのはずだ。ハインツがおかしい。

「おはよう、ハインツ。見ての通り走っています」

「おはようございます、メイリーネ様。……どうして走ってらっしゃるのですか」

「身体を鍛えるためですよ。私はこれからたくさん身体を鍛え、丈夫で強くなるのです」

そう、誰よりもマッチョにならなければ。俺の言葉に、ハインツは一度驚いたように目を見開いたあと、申し訳なさそうに眉を下げた。

「……メイリーネ様、どれほどお強くなられたとしても、街や森へと出掛けるのは……」

「分かっています、ハインツ。ですが、だからといって一生を屋敷の中で過ごすわけにはいかないでしょう？　あと3年もすると、王都の学院で寮生活をすることになります。その時は護衛騎士に守られた生活を送ることはできません」

俺の言葉に、ハインツはハッとしたように息を詰めた。

まあ予想では、学院入学までに父がそれなりに利のある太い貴族との婚約を見繕ってくるんじゃないかと思っているが。相手が妻なのか夫なのかは分からないが、今のところ結婚願望が全くないので、そのあたりはどうにか考えよう。

おままごとセットを息子に送ってくるような父親だ。「パパのお嫁さんになる」とかで誤魔化されてくれないかな。まあ無理か。最悪出奔だ。うん、そうしよう。

しかし、話していると息が上がってくるな。俺と違ってハインツは余裕そうだ。

「なので、筋肉です！　騎士たちのようにしっかりとした筋肉をつけて強くなれば、きっと私を無理やりどうこうしようという輩などはいなくなるでしょう！　筋肉をつけるのです！」

実際のところは知らん。地球上では、男性を好む男性の中には一定層、筋肉を愛し、そして筋肉に愛された奴らが存在したからだ。

「……承知しました」

おい、そんな残念そうな顔をするなよハインツ。マッチョはいいぞ。

こういう顔を見ていると、俺たちうまくやっていけそうな気がするんだけどな。自分で選んだ従者じゃないにしても、ハインツのことは嫌いではない。ただ、間者の可能性がある以上、気安く接するのも難しい。暗殺系技能なんか持っていなければ、こんなこと、考えもしなかったのに。

だけど元冒険者で、もしかしたら斥候をしていたんじゃないか、なんて楽観的な想像をするような性格もしてないんだよ、俺は。だって斥候をしていたら、暗器の技能の前に弓の技能があってもおかしくないだろ。なんでないんだよ。

ハインツを鑑定した時から、いつ後ろから襲われるんじゃないかとか、寝ている間に殺されるんじゃないかとか、食事に毒が入ってるんじゃないかとか、そういうことを頭の片隅に入れていた。まあ入れていただけで、どうすることもできなかったんだが。

ハインツを本当の従者として使えるのは、俺がこの男に対して利を配れるようになってからだろう。それまで何ごともなければいいな。


ランニングを終え、息を整えながらストレッチをする。その後、屋敷の玄関へと戻ってくると、侍女長が眉を吊り上げて立っていた。

「メイリーネ坊ちゃま、朝から部屋を抜け出してどういうつもりです⁉　起こしに上がった侍女が、大慌てで駆け込んできましたよ！」

ヒェッ！

「侍女長、伝えていなくてごめんなさい。今日から毎朝走り込みをして、身体を鍛えるつもりなのです」

侍女長は俺付きの侍女を取りまとめているおばあちゃんで、侍女たちの中でも最年長のお局だ。俺が赤ん坊の頃からここにいる。

どうも領地の屋敷は、一線を退いたベテランの侍女やメイドが多いのだ。チートハーレムものネット小説のように、俺をヨシヨシしてくれる若いメイドとかは1人もいない。そういう若い侍女やメイドは王都の屋敷で仕事をしているらしい。

「まあ、坊ちゃま、そのように身体を急に動かして大丈夫なのですか？　気分が悪くなるようなら、過度な運動は控えたほうがよろしいのではないですか？」

「ありがとう、でも大丈夫です。……それより、走ったのでお腹が空きました。朝食はできていますか？」

侍女長の小言はうるさいが、愛情を持って俺を世話してくれているのは分かるし、俺は基本的にお利口さんなので、今のところ侍女やメイドたちとの仲は良好だ。

どうも侍女たちは、美少女のような俺を着飾るのが日々の楽しみのようで、毎日全身に香油を塗りたくられたり、伸びてきた髪を複雑な編み込みでセットされたり、刺繍付きの重いヒラヒラした服を着せられたりしている。

「すでにできておりますが、まずはお召し替えをいたしましょう。ハインツ、貴方はメイリーネ坊ちゃまの着替えを。本日のお召し物は部屋に準備しております」

「分かりました、侍女長」

「あと、明日以降でもいいので、毎食時にミルクを用意してほしいのです」

「かしこまりました。料理人に伝えておきましょう」

乳たんぱくとカルシウムは筋肉の友達！

魔力操作の訓練をしながら部屋へ移動し、ハインツに着替えを手伝ってもらう。今日は白いフリフリしたシャツに、淡いラベンダー色のスラックスと白のベストが用意されていた。ジャケットはない。

ラスティル侯爵領は、王国の南西部に位置する温暖な穀倉地帯だ。領内でも若干北にある領都ですら、真冬以外はジャケットやコートを着ていると暑い。

侍女やメイドたちも、誰かとの面会や正餐（せいさん）、ダンスの稽古（けいこ）などではジャケットを用意するが、それ以外の時は多少ラフでもうるさくは言わない。

「ハインツ、午前や午後の、お勉強以外の時間に剣術の訓練の時間を増やしてください」

食堂へ移動しながら後ろをついてくるハインツにそう言うと、予想外に少し返事に戸惑いを見せる。

「一度騎士団に確認を取ります。ですが……」

「何かあるのですか？」

「メイリーネ様は10歳になられましたので、専属の護衛騎士を選定せねばなりません。候補者はすでに複数名おりましたが、状況が変わりましたので、決定までは騎士団と距離を置かねばならないかもしれません」

俺はどういうことかと首を傾げた。どうやら光魔法適性のせいで、ちょっと話がこじれる可能性があるらしい。

現状の騎士団は領地の治安維持や、領内の魔物の討伐、警備などで部隊が分かれているが、どれも怪我が絶えず、癒やしの魔法は喉から手が出るほど欲しいらしい。

ポーションなるファンタジーなお薬は作成過程で光魔法が必要になり、神殿でしか手に入らず、しかもぼったくり価格。そこに領主の息子に光魔法適性がある、となったら、どの部隊も俺に取り入り、癒やしの施しを欲しがるのだとか。ということで、騎士団内で俺の取り合いが勝手になされている、ということを、食事をしながらハインツから聞いた。

「また、専属の護衛騎士には想定以上の能力が必要になるため、再考の余地があります。昨日ご当主様に早馬で報告を送りましたが、その返事が到着するまでは、剣のお稽古は今まで通りユースティスとの決まった時間のみで我慢してください」

うっかり光魔法を表に出したせいで、混乱させてしまったようだ。ちょっと反省しつつも、もうどうしようもない。俺はうまくやっていける騎士なら誰でもいいので、早く決めてほしい。

そう思いながら朝食を終えた。

「では今日は書庫に行きます」

「かしこまりました。本日の午後はトルデリーデ先生の芸術の授業となります」

時間は有限なのだ。とりあえず今できることをしよう。書庫の本は一通り読み終わっているが、ハインツの話題に出たポーションに関する本を、もう一度読み込んでおこう。


翌日の剣術の授業は、ハインツに聞いていた通り、ユースティスが来た。

「本日もよろしくお願いします、メイリーネ様」

そう言って騎士の礼をするユースティスは、至って普通、いつも通りだ。騎士団内ではまだごたごたしていると聞いていたけど、いいのか、イケメンマッチョ。

騎士団では、どうにか俺を取り込んで魔物討伐の遠征などに同行させようと、各隊がギラギラしているらしい。遠征には軍医がつくが、それでも怪我人は出るし、最悪命を落とす。生き延びても後遺症が残り、騎士団を離れる者が少なくない。

だが、屋敷の侍女たちやハインツは、俺が外へ出るのに反対しているし、父からの手紙にも騎士団への同行などとても許可できないという、過保護な内容が書かれていた。

そもそも侯爵家の騎士なのだから、父がダメと言えばダメだろう。なんで盛り上がっているのかイマイチ理解できない俺だ。

「騎士団はよいのですか、ユースティス」

「問題ありません、すべて倒してきました」

倒してきたって何？　それ問題あるやつじゃない？

俺が首を傾げても、ユースティスはにこにこと笑顔を絶やさない。爽やかな笑顔に一片の曇りもないところが逆にこわいぞ。

「ユースティス、私も10歳になりましたので、今日から本格的に身体を鍛えたいと思います」

「はい、ではそのように」

「驚かないのですね？」

「5歳の頃からメイリーネ様を見ております。才能の片鱗も、それをお隠しになっているのも分かっておりました」

バレてた。まあユースティスは、片手剣4、両手剣3、槍術6の熟練度を持つ相当な実力者だ。一合や二合剣を交えただけで、相手の実力を計ることもできるんだろう。

この日はずっと型稽古ではなく打ち合いをし、片手剣と両手剣の熟練度を上げた。

また、ユースティスの勧めで、弓と槍の稽古も今後始めていくことにした。

弓と槍もいいんだが、やっぱり元中二病患者としては、日本刀で戦いたいんだよなあ。

この世界、刀術というマイナーな技能があるにはあるんだが、片刃の剣がサーベルやシャムシールくらいしかないそうだ。

日本刀、作るか。

鍛冶技能って、鍛冶場に弟子入りしたら習得できるのか？　やっぱ外に出たい。

「では、明日もよろしくお願いします、ユースティス。学院へ入る頃には、騎士たちと同じくらいの筋肉と運動能力を身につけられればと思っています」

「筋肉……ですか」

だから、なんでそんなに残念な子を見るような顔するんだ。筋肉はいいぞ。

俺としては治癒士としてではなく、普通に戦闘に参加できるなら、騎士団への同行は構わない。とりあえずスライムやゴブリンの討伐を経験しておきたい。今は戦いや魔物の命を奪うことに対して、それほど抵抗を感じないが、もしかしたらその時になって躊躇いが出るかもしれない。頭で考える以上に身体が拒否する可能性があるなら、慣れておかないと後々困りそうだ。

トイレットペーパーのない生活がつらすぎて精神耐性という技能を習得したが、この技能があるのに動揺するなら、今後の生活にかかわるだろう。なぜなら、得体の知れない男に命を狙われている。「大人になったら」というようなことを言っていたので、まだ猶予はあるだろうが、この世界では成人は16歳だから、あと6年しかないのだ。

「ハインツ、汗をかいたので着替えをお願いします」

「かしこまりました。蒸し風呂の用意ができております」

「ありがとうございます」

ユースティスとの稽古を終え、着替えの前に風呂に入る。ラスティル領では風呂といえば蒸し風呂が主流だ。日本に比べて水源が豊富ではないせいだが、かといって砂漠地帯のように高価というわけでもない。5歳の頃、毎日湯船に入りたいと俺が言ったら、ハインツや侍女たちが困っていたな。マリー・アントワネットよろしく病的な綺麗好きだと思われただろう。

今は水魔法があるので、自分で湯を張ると言って、夜は毎日湯船に浸かっている。今日みたいに昼間に汗を流したい時は、ハインツがわざわざ蒸し風呂を用意してくれるのだ。なぜなら病的な綺麗好きだと思われているから。

今の風呂事情で不満があるとすれば、石鹸くらいだろう。獣脂を使っているせいで、くさい。オリーブっぽいものが食卓に上がるから、オリーブオイルか海藻あたりで作ってくれないかな。もしくは他の植物油でもいい。


適性検査から数日経ったが、護衛騎士はまだ決まっていないし、魔法の教師も屋敷に到着していない。

魔法の教師は色よい返事をもらって、あとは到着を待つばかりなのだが。どうやら教材の他に工房を事前に用意する必要があるとのことで、屋敷の一室には今、改装業者が入っている。

「メイリーネ坊ちゃま、お茶の時間ですよ。今日も刺繍をいたしましょう」

風呂から上がってさっぱりした俺に、侍女長が話しかけてくる。この侍女たちとの刺繍は一昨日から始まった。刺繍をしながら侍女たちとおしゃべりするのだ。女子会に紛れ込んだようで場違い感がすごいが、よく考えたら俺の侍女たちは、女子という年齢ではなかった。

　これは嫁入り修業的なアレなんだろうな。みんな明言はしないがそうなんだろう。父の意向で俺の将来がどうなっても、外で恥をかかないようにという配慮が見え隠れしている。別に裁(さい)縫(ほう)も嫌いじゃないし、手先は器用なほうなので構わないんだが、それより幼い娘や孫娘を可愛がるようなこの空気がいたたまれない。

「メイリーネ坊ちゃま、もし決定した護衛騎士が気に入らなければ、すぐに解任なさいませ」

「嫌なことは我慢してはなりませんよ。騎士たちの中には野蛮な者も少なくありません。坊ちゃまのように綺麗好きな方には、とても耐えられないような殿方も多いのです」

「護衛されながらわざわざ口で息をしなくてはならない方などは、以(もっ)ての外(ほか)ですよ」

　めちゃくちゃ騎士の悪口言うじゃん。

　領主の屋敷は騎士団の本部や隊舎と隣り合っているが、一応、別の敷地にあたる。俺の住んでいる屋敷は騎士たちが交代で警備しているが、その騎士の選定には侍女とハインツの意向が大きく反映されている。不潔な騎士は事前に弾かれ、俺に馴れ馴れしく話しかけてくるような騎士は、次に外される。

「でも、騎士たちに汗の匂いがするのは、つとめを頑張っている証拠でしょう？」

「主(あるじ)に不快な思いをさせないのも、騎士のつとめの一つです」

「メイリーネ坊ちゃまは我慢強くてお優しくお育ちですが、毅然(きぜん)とした態度でいることもこれからは必要ですよ」

俺のさりげないフォローも効果はない。女子力53万に俺なんかが太刀打(たちう)ちできるわけもないのだ。適当に話を合わせておこう。不潔な騎士より清潔な騎士のほうがいいにはいいしな。

俺は侍女たちの聞き役になり、適度に話題を振りながら、魔力操作の訓練と同時に刺繍を続けた。

数日経ち、注文された工房が出来上がり、教材の準備ができても、魔法の教師はまだ到着していなかった。ハインツが言うには、遅くとも、そろそろ領都に着いている頃だそうだが。

この世界、徒歩以外の移動手段は馬車か騎馬(きば)なので、時間がかかる。それに天候にも左右されやすいので時間に結構ルーズなのだ。長雨にでも降られたのか、なんて考えながら、朝食を終えて書庫へと向かう途中だった。

エントランスが見える吹き抜けの2階廊下を歩いていると、玄関の外から何やら男の大きな声が聞こえてくる。

「お待ちください！　面会予約もお約束もなく勝手に屋敷に入ってくるなど……」

「これは領のためのお話なのです。メイリーネ様もご当主様の直系嫡子、ご理解いただけることでしょう」

「すべては女神の意思。そこを通しなさい」

問題ごとが来た！

「あの声はヨシュア・ノイマンですか」

「ヨシュア？」

「領政を行っている代官で、ラスティル家の分家筋にあたる男爵家の四男です。普段は官舎に詰めていて、屋敷には寄り付きもしないのですが」

そう言いながら、ハインツは俺に下がるように言い、前へと出る。廊下の角から吹き抜けの下を覗くが、声の調子からして、屋敷の中まで無理やり押し入ってきそうな勢いがある。

おいおい、押し入っちゃったらマズいんじゃないの。

そう思っていると、後ろから侍女長が早足で歩いてきた。

「メイリーネ坊ちゃま、部屋にお戻りなさいませ」

「ですが、あの者たちは私に会いに来たのでしょう？」

「会う必要などございません。あのように面会予約も入れずに神殿の手の者を連れてくるなど、ラスティル家に仕える者として恥ずかしいとは思わないのかしら！　わたくしが対応いたします。坊ちゃまは部屋に戻り、決して出てはなりませんよ」

じ、侍女長の剣幕がすごい。さすが53万。ここは大人しく言うことを聞いておこう。最近覚えた技能で試したいこともあったし、ちょうどいい。

「侍女長、私は部屋に戻りますが、もし相手が手荒な手段に出そうなら、応接間に通してください。私が話を聞きます」

「メイリーネ様、いけません！」

「ハインツ、私ももう10歳です。侯爵家の子として生まれたからには、身分を振りかざす者から屋敷にいる者たちを守らねばなりません」

「ですが……」

「部屋に戻ったらユースティスを呼んでください。侍女長も言っていました。毅然とした態度でいることも必要なのでしょう？」

というか、領主の屋敷に押し入ったらそれだけで打ち首じゃないか？　この世界、国法や領法は一応定められている。平民と貴族で扱いが違うし、法が国を治め、国王でも法に従うような文字通りの法治国家ではないが、それでも領法では領主の屋敷に押し入った奴は死罪と定められている。バリ・トゥードおじいちゃんの授業で、領法と国法は一通り習った。国法と照らし合わせてみても、死罪以外にはない。

「……かしこまりました」

「ヨシュアが神殿の人間をこの屋敷に連れてきたのには、深刻な理由があると思いますか？」

自室へと移動しながらそう訊ねてみると、ハインツは顔を顰めて首を横に振る。

「もともと欲の深い男です。おそらく神殿側から金を積まれでもしたのでしょう」

なるほど。金で領主の息子を売ったわけか。まあ前妻の子で、今の妻との間には男児も生まれている。領都の屋敷から王都に移動させずにいるし、俺という存在が父から軽んじられていると予想して、金で売っても構わないと踏んだわけだな。

そっちがそのつもりなら容赦はしなくていいだろう。強欲は絞首刑だってハン◯バル・レクター博士も言ってた！

部屋に戻り、ハインツがユースティスを呼びに出たのを確認してから、丹田から魔力を引き出す。先日覚えた魔力分離という技能を試す時が来た。この技能は、自分の魔力を体外に出した状態で操ることができ、体外の魔力と感覚の共有も可能というものだ。

手のひらに指先ほどの魔力の玉を出す。

「あーあー」

俺の声が、魔力の玉を通して脳内へと流れてくる。うん、ちゃんとできてるな。あとはこれに隠蔽をかけ、屋敷のエントランスの隅に転移させれば、聞き耳の完成。魔力分離だから目に見えないけれど、俺のように魔力を感知できる人間がいるかもしれないので隠蔽は必須だ。

エントランスへと聞き耳を転移させると、ちょうど何人かの足音が騒がしく入ってきたところだった。

「敷地のみならず屋敷の中まで押し入ってくるなど！　恥を知りなさい！　ヨシュア・ノイマン！」

「私はご子息様に、最適な魔法教師を紹介に上がったのです。恥ずべきことなどございませんよ」

「さよう、さよう。神託により女神が私をここへと遣わしたのです。女神に愛されし子を導く使命を、果たしに来たまで」

知らない声は2人分だが、足音は随分と多い。ならず者やゴロツキなんかを雇っているのだろう。でなければ、騎士に守られた門を突破できるとは思えないからな。

「魔法の教師はもう別に雇っておりますので必要ございません。お引き取りください」

「やれやれ、アンネ侍女長にはご理解いただけないようだ。メイリーネ様の教師は、このダビッド司祭様以外にはおられないのです」

「さよう、さよう。私以外の誰も、女神に愛されし子を導くことなどできようはずもないのです」

「……どういうことですの？」

「運命が司祭様をお導きなのです」

「さよう、さよう」

これはつまりアレか？　教師を雇う契約に細工をするなりして、屋敷に来ないように足止めしてるってことか？　そしてその間に俺を神殿に攫ってしまえば、あとは外に出さなきゃいい、と。

神殿、怖いところだな。たぶんこの世界の人間と違って、俺は信仰心が薄いからそう思うのかもしれないが、これがまかり通っていることには相当違和感がある。

こんなの、地球なら神殿を焼き討ちされても不思議じゃないだろう。でもこの世界に織田信長はいなくて、神殿の中に拐かされれば王家であっても手出しができないのだとか。全体的に、平民貴族関係なく信仰心が厚い。うーん、不信心でゴメンな。先に謝っとこう。

「ただいま戻りました、メイリーネ様。ユースティスに話を通し、信用できる騎士を集めてこちらへ来るよう手配いたしました。間もなく到着するでしょう」

「ありがとう、ハインツ。では、エントランスに侵入してきた者たちを応接間に通すよう、侍女たちに伝えてください」

ハインツといくつか打ち合わせを済ませ、俺は代官と司祭を案内した応接間へと足を向ける。中に入ると、司祭と代官の他に、数人の男が立っていた。ゴロツキでも雇ったのかと思ったら、なんとうちの騎士団の鎧をつけていた。どうやら騎士を抱き込んでいたようだ。これは本格的に造反だな。

「初めまして。ラスティル侯爵家の第一子、メイリーネ・ラスティルと申します」

そう挨拶してから、2人の男の向かいのソファに座る。口元に微笑を貼り付け、表面上はにこやかに対応する。

「これはこれは、美しい……。まさに女神に愛された子。私はオルドネイト神聖教会の司祭をしております、ダビッドと申します。本日より貴方の光魔法の指導をさせていただきます」

この豚、話が強引すぎるだろ。

ダビッド司祭は、ふくよかな、有り体に言うとデブだった。白い司祭服に袖を通した豚かと思った。続いて挨拶をしてきた代官のヨシュア・ノイマンは、逆にモヤシかと思うくらい細長い。お前らジャイア◯とスネ◯か？

「おや、私の魔法の教師になられるというのですか。おかしいですね、父の話では私の魔法の教師は、市井の者を雇ったと聞いていたのですが」

「メイリーネ様、ダビッド司祭様は女神の導きにより、貴方様の魔法を指導することが決まったのです。他にご指導できる者などおりません。私はメイリーネ様の御為（おんため）を思えばこそ、司祭様をここへとお連れしたのです」

「さよう、さよう。私は教会でも光魔法の癒やしに長（た）けておりますれば、他に貴方様を導くのに適任の者などおらぬでしょう。神殿に入り、私の指導を受けるのが女神の定めた運命なのです」

適当なこと言ってくれるぜ。

この世界には神がいるのかもしれないが、俺は生まれる前にチートの説明とか、これから生きる世界の説明とかのテンプレを踏襲（とうしゅう）していないし、女神が運命だとか神託だとか定めるなら直接俺に言いに来るだろ。まだ説明を待ってるぞ、俺は。最悪、夢に出てきてくれてもいい。

この豚は神託を受けた女神の代弁者だと言うが、俺の転生チートの説明がない時点で、騙（かた）りなのは丸分かりだ。

豚が延々と女神の話をする中、俺の後ろで黙って話を聞いていたハインツの纏う空気がだんだんと冷えていく。

ヒェッ！　お、怒ってる……！

「ではヨシュア、このお話は、お父様にも通っているのですね？　お父様が私に、神殿に入るようにと言っているのですね？」

「私はこのラスティル領の代官として、誠心誠意、身を粉にしてお仕えして参りました。時には血を吐くまでの仕事量をこなし、ご当主様の御為にと日々尽くしております。もちろん、この領地のためになること以外では、メイリーネ様にお話を持って参りません」

つまり独断ってことだな。

俺は「血を吐くまでなんて……」と、口元へ手を当てて驚いた顔をしてみせる。

「そうですか。話は分かりました。私としては、我が家の忠臣であるヨシュアの紹介でもありますし、司祭様が充分な技量を持ち、指導に足る方であるならば、神殿に入ることも吝かではありません。もちろん、司祭様は癒やしが得意でいらっしゃるのですよね？」

「メイリーネ坊ちゃま……！」

扉の前に控えていた侍女長が、思わずそう声を上げる。

「さよう、さよう。私の癒やしの技量に届く者など、市井にはおらぬでしょう」

「では、私の癒やしを見ていただけますか？　癒やしの技量をぜひ司祭様に確認いただき、可能ならそれに合わせた指導をしていただければと思います」

俺がそう言うと、豚司祭とヨシュアはニンマリと笑って頷いた。それに俺も頷いて、笑顔を返す。

「では、この者の指を切り落としましょう」

「は？」

俺がヨシュアを指してそう言うと、２人は揃って間抜けな声を出した。

「……メイリーネ様、今なんと……？」

「ヨシュア・ノイマンの指を切り落とすと言ったのです。でなければ癒やしの魔法を使えないでしょう？」

少しの沈黙のあと、俺の言葉の意味を理解したヨシュアと豚司祭の顔色がだんだんと悪くなっていく。ヨシュアが連れてきた騎士たちは、ざわりと空気を波立たせた。

「し、神殿に参りましょう。神殿の治療院には怪我をした患者がおります。そこへ……」

「私は今この場で見ていただくと言ったのですよ？　司祭様もそれに頷かれましたね？」

首を傾げて豚司祭へと顔を向ければ、ひくりと引きつった笑いを浮かべている。

おいおい、領主の息子を監禁しようとしてる奴が、この程度で慌てるなよ。

俺がそう思っていたところで、応接間の外からガチャガチャと鎧の音が聞こえ、勢いよく扉が開かれる。

ユースティスが、数人の騎士たちを引き連れていた。

「主家の屋敷に押し入る不届き者どもを捕らえよ！」

「メイリーネ様をお守りしろ！」

うおおお、という騎士たちの雄叫びと共にユースティスが剣を抜き、ヨシュアの連れていた騎士たちも遅れて剣を取る。すぐに剣戟の音が響き、応接間は騒然となった。

俺は浮きそうになる腰をなんとか堪え、ソファに座ったままで表情を取り繕う。

間近で見る真剣の打ち合いは想像以上の迫力だった。

「き、貴様ら、女神に仕える私に剣を向けるのか！」

剣を抜いた騎士たちを前に、司祭は顔を真っ赤にしてソファから立ち上がる。ユースティスが連れてきた騎士たちはそれを聞いて尻込みし、構えた剣を迷わせていた。信心深いこの世界の人間は、たとえ騎士が主を守るためであっても、おいそれと聖職者に手を出せないのだ。

「司祭様、騎士たちにそのような意図はございませんよ。騎士団の規律を破った者を捕らえに来ただけですので、司祭様が気にされる必要はございません。どうぞお座りになってください。それより、話の続きをいたしましょう」

「は、話の続きだと……？」

「はい。ヨシュアの指を切り落とし、癒やしの様子を司祭様に見ていただくお話でしたでしょう？」

俺がにっこりと笑顔を向けてそう言うと、さっきまで赤かった顔が今度は白くなり始める。

ヤバい子供だと思われているんだろうな。俺もヤバい子供だと思うよ、自分で。

「ご心配には及びません。この者は私のためにわざわざ司祭様を屋敷へとお連れになり、私、ひいては我がラスティル家の御為として、私に紹介してくれた我が家の忠臣。恥ずべきことなど何もしていないというのですから、喜んで指を差し出すことでしょう」

俺は、「そうですね?」と笑顔に迫力を込めて、ヨシュアへと顔を向けた。ヨシュアは騎士に拘束され、引き連れてきた騎士たちもほとんどがユースティスとその仲間の騎士の前に膝を折り、縛り上げられている。

「もし失敗しても、騎士たちは指がなくなると戦えませんし困りますが、代官であるヨシュアでしたら問題ありませんよね? ヨシュア、利き手はどちらですか? ペンを握る手ではないほうにしておきましょうね、念のため」

俺は少しだけ眉を下げ、できるだけ優しく見えるように微笑んで立ち上がる。床に引き倒され、拘束されているヨシュアが震え始めた。そして、なぜか拘束している騎士も震え始めた。なんでだよ。

「指先の修復がうまくいったら、今度は内臓の修復も見ていただきましょうか。うまくいかなければ、司祭様にお手本をお願いするとしましょう。ここには司祭様の忠臣はおられないようですので、ご自身の身体で試していただくことになりますが」

俺がそう言うと、司祭もヨシュアに続いて震え始める。その後ろにいる、剣を収めたユースティスも心なしか顔色が青い。だからなんでだ。

「ヨシュアのことでしたら大丈夫ですよ。普段から父上のために血を吐きながら仕事をしているそうですから、きっと内臓も丈夫にできているのでしょう。そうでしょう、ヨシュア？」

「ヒッ、お、おやめください、メイリーネ様、そのようなこと……」

「なぜです？　……ああ、なるほど。司祭様は刃物をお持ちではないのですね。ではハインツ、あとで司祭様にナイフを貸してさしあげなさい」

「かしこまりました、メイリーネ様」

俺がヨシュアへと近付けば、ハインツが後ろからついてくる。さて、どこまでヤバい子供を演じよう。本当に指を切り落としてしまうべきなのか？　豚司祭の心胆を寒からしめ、二度と俺の前に姿を現さないようにするには、そこまでしたほうがいいのだろうか。

俺は拷問好きでも快楽殺人者でもないし、相手は俺を金で売った男とはいえ人間だ。正直気が進まない。

けれど、そうも言っていられないのも事実なのだ。俺がここで甘い判断をするのは簡単だが、それで今後も気軽に押し入る輩が現れれば、屋敷で働く者たちや俺の侍女たちが傷つくことになる。俺も安心して暮らせない。あ、ハインツはあんまり心配していない。それなりにうまく戦ったり逃げたりできるだろうからな。

俺が手を出すと、ハインツは少しの時間迷って、手のひらに小ぶりのナイフを用意した。よく研がれていて、切れ味のよさそうなナイフだ。どこから出したのかは深く考えたくないし、なんで普段から持ち歩いてるのかには気付かないふりをしておこう。こわいからな。

受け取ったナイフは、見た目に反してずしりと重かった。

「メイリーネ様……」

ヨシュアが震える声でそう言う。

「……私の名を、二度と呼ぶことは許しません、ヨシュア」

思っていたより冷たい声が出た。

俺がナイフを振り上げた時、応接間の入り口からメイドが1人走ってくる。

「め、メイリーネ様……！　きょ、教師の方が……！　魔法の教師が到着されました！」

「あらぁ、門も扉も開きっぱなしで出迎えもないと思ってたら、なんだかお取り込み中だったかしら？」

鼻にかかった甘ったるい声が、メイドの後ろから聞こえてくる。ただし、その声は野太い。ものすごく、野太い。

「ま、神殿の人間が来てたの？　やだわぁ、アタシの馬車を神殿騎士に襲わせておいて、その間に可愛いアタシの生徒ちゃんに手を出すつもりだったのね？」

　メイドの後ろから応接間に入ってきたのは、ものすごくゴツい、ローブを着た男のおねえさんだった。ゆったりしたローブの上からでも分かるがっちりとした肉体に、周りの騎士たちに引けを取らない身長、褐色で角刈りの髪、そして、耳の先が尖っている。

「まさか、え、エルフだと……！」

　え⁉　……え⁉

　豚司祭の言葉に、飛び上がりそうなほど驚いた俺。え、エルフなの⁉　あの、スラっとして肌が白くて美しい顔つきをしていて、森の中でひっそりと暮らすエルフなの⁉

　脳内でＪ・Ｒ・Ｒ・トールキンの美しいエルフ像が、どんどん筋肉に侵されてゆく。俺のレゴラスが！　美しいレゴラスが！

「でもアタシが来たからには、大人しくお引き取り願いましょうか。神聖教会もエルフとの間に亀裂を入れたくはないでしょう？」

　そう言いながら、豚司祭に向かってバチーンと音が鳴りそうな激しすぎるウィンクをする男のおねえさん。俺の脳内では、神々しいまでに美しいレゴラスの微笑みがひとつ消えた。

「くっ……エルフが人間に魔法を教えるなど……！」

「負け惜しみは結構よ。さっさと神殿にお帰りなさいな」

男のおねえさんが、シッシッと追い払うように手を振る。その指は太く、関節も大きく、筋張っていた。俺の脳内では繊細(せんさい)な指先で弓を引き絞る、凛々(りり)しい表情をしたレゴラス像がひとつ消えた。

豚司祭が逃げるように応接間を出ていく中、とうとう俺は手の中にあったナイフを床へと落としてしまう。

「う……ッ」

「メイリーネ様！」

必死に涙を堪えて口元を押さえるが、そのまま床へ倒れそうだった。ハインツがそれを察してか、背中から俺を支えて、肩を抱いてくれる。

分かっていた。分かっていたよ、そんなうまい話があるわけないって。でもエルフだよ。ちょっとくらい夢を見たっていいじゃないか。

どこかの森の泉で美しいエルフの乙女が水浴びしてるんだって、思ってたっていいじゃないか。どうして現実はこんなにも俺の心を苛むんだ。

「ご立派でございました、メイリーネ様……！」

「さすがはメイリーネ様！」

ハインツやユースティスの言葉も聞き流して、俺は心の中でだけ泣いた。

ユースティスの連れてきた騎士たちが跪く中、精神耐性の熟練度が上がった。

4章　平和な日々

俺の日常に平和が戻ってきた。

「改めて、今日から魔法の教師になるウィルモットよ、よろしくね」

「メイリーネです。こちらこそよろしくお願いします」

あれから神殿に動きはない。ヨシュア・ノイマンと屋敷に押し入ってきた騎士たちは投獄され、父からの沙汰を待っている。ハインツがものすごくいい笑顔で手紙を書いていたから、たぶんなんとかしてくれるだろう。

それから、専属の護衛騎士は結局決まらなかった。というか、俺を騎士団に引き込む話で団内がごたついているのかと思ったら、どうやら話は全然違っていた。

専属の護衛騎士は本来、信頼関係を築きやすくするため叙任されたばかりの若い騎士から選ばれるのだが、俺が光魔法の適性を持ち、外部から襲撃される可能性が出てきたため、経験不足の若い騎士では荷が重いと、人選が難しくなっていたそうだ。

そこに、普段から交代で屋敷の警護にあたっていた、侍女長やハインツから認められているベテラン騎士たちが次々と立候補し出した。彼らに二心はなく、どうやら小さい頃から見ていた子供を可愛がる感覚で、俺の護衛をしたいのだとか。最終的には『護衛には強いほうがいいなら、戦って決めればいいじゃない』という脳筋(のうきん)回答が出て、騎士の訓練場で連日試合をしていたらしい。

そして結局、第二部隊の副隊長であり、専属の護衛騎士にはなれないユースティスがなぜか勝ってしまった。この間言っていた「すべて倒してきました」という言葉に二言(にごん)はなく、どうやらお祭り騒ぎに飛び込んできた、本来は護衛になれない隊長たちをすべて倒す結果になったらしい。なんで護衛になれないのに参加しているんだ、と今さら言っても仕方がない。ということで、俺の護衛騎士は持ち回りの交代制になった。もちろん、侍女長とハインツが可とした騎士だけで。

「指導方針だけれど、教材として用意してきた魔導書の解説や実践的な魔法の使い方に加えて、魔道具作り、錬金術、それと、光魔法の適性があるって聞いてるから、ポーション作りとそれに付随した聖水の作り方なんかを予定しているわ。3年って期間が決まっているから詰め込み教育になるけれど、頑張ってね」

「はい、頑張ります」

バチーンとウィンクをして、腰をくねらせるウィルモット先生に、俺はにっこりと笑顔を返す。

この数日でエルフの実態にも慣れた。悲しみを乗り越えた今の俺に、怖いものなどないのだ。

「ほんとうに可愛い子ちゃんねぇ、おねえさん心配だわぁ。こんな子を3年経ったら王都へ送り出すなんて……」

「先生は王都住みだったのですか？　王都はどのようなところなのでしょう？」

「アタシの自宅は東の森にあるエルフ自治区よ。でも大図書館で調べ物をするために、王都のエルフ領事館に滞在していたわ。王都は怖いところよぉ。気をつけなさいね、メイリーネちゃんなんて、1人で街を歩いてたらすぐ食べられちゃうんだから」

それは男のおねえさんの独特な視点からの話では？　と思ったが、口には出さない。俺はそれくらいにはお利口さんなのだ。そもそも俺に、男のおねえさんに対する偏見はない。どちらかといえば、実家のような安心感がある。トールキン産のエルフでないということを除けば、筋肉モリモリの魔法使いなんて最高だ。ゲームで言うところの殴り僧侶だってできる。

というかエルフ自治区って、エルフ領事館って。じゃあ王都には、エルフ大使館もあって大使がいるのか？　異世界的でなんか面白そうだな。3年後の王都が楽しみになってきた。

そんなこんなで、ウィルモット先生との授業が始まったが、これがかなり面白い。魔法系の知識はほとんど書庫の本で独学だったせいもあり、新しい知識を入れるのが毎日楽しみになった。

錬金術で成分の抽出を学び、魔道具作りでは魔導ランタンを分解し、魔導回路を引いて組み立て直しながら魔道具作りの基礎を学んでいく。それに加えて、聖水とポーション。

ポーション作りの必須素材に聖水があり、それにいくつかの薬草を煮出したり煎じたりしたものを混ぜて完成させる。薬草は地域によって似た効能のものがあるのでそれぞれだが、聖水は光魔法の清浄という魔法をかけなくてはできないのだとか。そもそもオルドネイト神聖教会が勝手に聖水と言っているだけで、実際のところは光属性の魔法水だと、ウィルモット先生が言っていた。

魔法体系、適当だと思ってたけど、学んでみると楽しい。チートな俺には当てはまらないことも多いけど、一般人の基準を学ぶのは必要だしな。

何より一番嬉しかったのは、自分の工房が手に入ったことだ。

魔導に携わる者の工房には、たとえ側近であっても簡単に入れてはいけない、とウィルモット先生は授業の前に、ハインツや侍女たちに伝えていたらしい。神秘を探究する分野で、秘匿性が高い技術の開発や継承を目的とするものだからだとか。

それにより、先生との授業は工房で2人きりなのだが、授業以外に1人で籠もれる場所ができたことが何よりよかった。これでトイレ魔法使いは正式に卒業だ。

しかも、簡易ではあるが台所がついている。これは錬金術とポーション作りで使うからだが、俺は料理に使うぞ。せめてパンだけでも作りたい。今食べているものはパンみたいな石であってパンではないのだ。食材を入手しなければ。

「魔道具作りや錬金術には魔物の素材も多いから、教材として注文しておいてもらうとして、神殿の動向もあるし、メイリーネちゃんにはまずは自衛手段から覚えていってもらいましょうか。今日教えるのは障壁の魔法ね」

工房から、ウィルモット先生と庭の裏にある訓練場に行く。普段ユースティスに稽古をつけてもらっている場所だ。そこだけは芝生が剥がされ、剥き出しの土が均されている。

「障壁魔法は、各適性の属性魔法で盾を形成して、攻撃を防ぐものよ。光魔法の障壁魔法はかなり難易度が高いけれど、水魔法ならそこまで難しくはないから頑張りましょうね」

「はい」

「水の障壁魔法の呪文は、『我の内なる護りの意思よ目覚めよ、何者にも砕けぬ盾を我が前にウォーターシールド』よ」

「……」

「あら、どうしたの？　メイリーネちゃん」

「いえ……」

は、は、恥ずかしすぎる……ッ！　なんだ？　もしかして拷問に耐える授業か？

俺のいにしえの傷をえぐるような真似はしないでほしい。中学の頃のノートに自作の呪文が大量に書かれている繊細な子供だっているんです！

「我の内なる護りの意思……ッ、意思よ目覚め……うっ」

ダメだ。恥ずかしすぎて最後まで言えない。俺は俯いて口を手で押さえた。顔が真っ赤になっている自覚がある。

「あらあら、舌噛んじゃった？　アタシ、今は癒やしを使えないから治してあげられないのだけれど、大丈夫？　傷は深いかしら？」

「いえ、大丈夫です。……光魔法は、使える時とそうでない時があるのですか？」

「ん？　ああ、言っていなかったかしら。エルフの魔法は妖精魔法というもので、ヒト族の使う魔法とは違うのよ」

　なんでも、エルフは妖精の力を借りて、魔力を対価に魔法を起こすのだそうで、それには妖精との契約が必要だとか。妖精は森に多く住み、外にあまり出たがらないことから、森の中と外でエルフの使える魔法は大きく変わってくる。ウィルモット先生が契約している光の妖精は森から出ないので、今は使えない、と。

「アタシの契約している妖精の中だと、火と風の妖精は森の外にもついてきてくれるから、今使えるのは火魔法と風魔法ね。あ、教える分には問題ないから安心して」

「それは心配していません。ですが、それならエルフ族は、教会とは別にポーションの取引をしているのですか？」

ウチの騎士団と安く取引してくれるとありがたいんだけど。なぜなら、これからは神殿から買えない可能性があるから。

「エルフはポーションを森の外へは出してないのよ。ごめんなさいねぇ。ヒト族に光魔法と闇魔法の適性を持つ者が減っているように、森でも光の妖精と闇の妖精が今はとても少ないのよ。その中でもポーションを作れるほど力のある子は少なくて、外へ売りに出せるほどは作れないのよね」

「そうでしたか。残念ですが仕方ないですね」

俺がにこっと笑ってそう返せば、

「しっかりしてるわね」

と、頭を撫でられた。ゴツい指とは裏腹に撫で方は繊細で優しく、そして小指がピンと立っていた。

俺はこの日、恥ずかしさを我慢して詠唱(えいしょう)を噛まずに完唱し、水の障壁を張った。

精神耐性の熟練度が上がった。


「小麦粉……でございますか」

「そうです。他にも野菜や肉など、いくつか用意してほしい食材と調味料があります」

「……何をなさるのでしょう？」

ハインツの訝しむ言葉に、俺はにっこり笑って答える。

「錬金術の練習です」

「……錬金術ですか？」

「はい」

錬金術は台所から発祥したって、某○の錬金術師も言ってた！　俺は錬金術の練習をするんだ！　９歳の誕生日に台所をもらえなかったからって、決して満を持して料理をするわけではない。これは錬金術の練習であって、料理ではないのだ。

「他に、木でできた食器をたくさんと、調理器具も一通りお願いします」

「屋敷にある銀食器ではいけませんか？」

ハインツが、諦めたように息を吐いてそう言う。この世界では貴族の使う食器はすべて銀製で、木製の食器は平民が使うものなのだ。ちなみに陶器や磁器なんかは見てない。

「たくさん壊してしまうと思うので、銀だと勿体ないのです。練習用なので」

なんてことはない、皿に盛り付けたまま収納したいのだ。必然的に、食器は大量に必要になる。時間経過のない空間収納は異世界チートの必須アイテム。間違いない。

変な顔をしているハインツに、材料や道具の手配を半ば強引にお願いしたら、翌日にはすべてのものが工房に揃っていた。相変わらず有能な従者で素晴らしい。

　さあ、楽しい楽しい錬金術クッキングの時間だ。

　美味(うま)い料理、それはすべての人類の願い。生きる喜び。そして同時に、得も言われぬ悪魔的な快楽でもある。一度知ってしまえばその深淵(しんえん)から目を逸らすことはできず、道を踏み外せばただただ哀(あわ)れに破滅するのみである。

　石みたいなパンしか知らなければ、それを美味いと感じるだろう。だが、石じゃないパンを知っている人間は石みたいなパンを口にしたら、それはもうパンではなく石なのだ。

　俺は石を食べる生活を卒業したい。だがしかし、屋敷の料理人に料理レシピを提供するのはこわい。この国で技能を持つ料理人は宮廷や貴族の屋敷で多く雇われているが、その中でもとりわけ作るものが美味(びみ)だと有名になったら、誘拐されるのだ。貴族の息子だけじゃなく、料理人まで攫われる。もちろん村娘とかも攫われる。奴隷制度があるので奴隷商に売られるのだ。まさに誘拐大国。

　料理レシピひとつでうちの料理人を危険に晒(さら)すわけにはいかないし、そもそも面倒ごとを呼び込みたくないので表にあまり出したくない。こっそり美味しいものを食べたいのだ、俺は。

　美味い料理に話を戻そう。では美味い料理の美味いとは何か、地球人類はそれをすでに解明している。旨(うま)み物質だ。グルタミン酸、イノシン酸、グアニル酸などなど。本日の錬金術クッキングでは、この旨み物質を中心に作っていく。

　といっても、俺が一番求めてやまない醤油とか味噌はまだ作れない。醗酵や醸造なんかは錬金術と時空魔法でできるが、麹菌の採取が難しい。この世界に麹菌が存在するのかも知らない。

　昔の日本人が自然発生したカビから麹菌を採取して醤油や味噌を作ったのは、今から考えると本当に頭がおかしいと思う。この屋敷にカビが生えた穀物が仕入れられるとは思わないし、どこかの農家に行って、カビが生えた穀物から麹菌だけ抽出できるかを試すしかない。もしくはハインツに言って、カビが生えた穀物を用意してもらうか。また変な顔されそうだな。それ以前に侍女長にバレたら怒られそう。

　あんなにも日本人の必需品になっていたものを、一から再現する難易度が高すぎてつらい。

　その点、天然酵母はリンゴとか適当な果物でできるので、優秀で手軽だ。

　ということで、普段から食卓に上がる食材でできる、洋食を作っていこう。コンソメスープとパンだ。石じゃないパン。

　コンソメスープは比較的簡単だ。切った野菜と肉をひたすら煮込むだけ。今回は謎のでかい鶏が丸々用意されていたので、その肉を削いで使う。これ絶対魔物だよな。だって七面鳥よりでかいぞ。この世界、普通に魔物が食卓に出るので、もう気にしてないけど。

　沸騰したらアクを取って、またさらに煮込む。あとは塩で味を整えれば完成だ。

この世界の野菜は、俺が知っているものもあれば、知らないものもあった。中には見た目は知ってるのに、食べてみたら味が全然違うものもある。それを全部ぶち込んで煮ても、コンソメスープがだいたい俺の知ってる味になるのですごい。

大きな鍋にまとめて作っていく。出来上がったら半分は木の器に盛って収納、半分は錬金術で水分を飛ばして顆粒にして、瓶に入れて収納だ。錬金術便利すぎないか？　さすが地球では化学の前身と言われていただけある。

あと、残った巨大な鶏の骨で、鶏ガラスープでも作っておこう。下処理が済んでる肉だったから、内臓や血合いなんかは綺麗に取られてたし、いい鶏ガラスープができるだろう。

湯通しした鶏ガラをたっぷりの水で煮込んでいく。白ネギっぽいものと、生姜っぽいものとニンニクっぽいものを少しずつ入れる。

「メイリーネ様、そろそろお茶の時間です」

煮込んでいる間にパン作りだ、と思ったところで、ドアの向こうから声がかかる。扉を開けると、ハインツ、ハインツが立っていた。

「ハインツ、今は手が離せません。もう少し時間がかかるので、今日は午後のお茶はいりません」

俺がそう言うと、ハインツは困った顔をして微笑んだ。これはなんとか俺を説得しようとしている顔だな。

「今は火を使う作業をしているので、途中でやめるわけにはいかないのです、ハインツ。お願いします」

こてん、と首を傾げて可愛くお願いしてみる。これでダメなら本当に大事な用事なんだろうな、というくらい、屋敷の人間はだいたいなんでもこれで許してくれる。ハインツもそうだ。例外なのは侍女長くらいだ。

「……分かりました。では、作業が一段落したらおいでください。侍女長には私から伝えておきます」

「ありがとう、ハインツ！」

溜息を吐いて折れてくれたハインツに、にこっと笑ってお礼を言っておく。今日はお勉強も終わったし、特に大事な用事がなくてよかった。

改めて工房の簡易台所に戻り、パン作りを開始する。

煮沸した瓶にリンゴ的な果物を切って入れ、砂糖と水を少しだけ入れて蓋をする。そのあとは時空魔法で中の時間経過を調節すると、天然酵母ができる。泡が出始め、色が濁り出すと完成。

小麦粉と牛乳と天然酵母を混ぜ、ちょっとの塩とちょっとの砂糖を入れる。バターがなかったので牛乳でさくっと作った。牛乳から乳脂肪分を凝縮して生クリームを作って、それをバターにする。簡単。それを溶かして、また混ぜてこねる。

工房の台所はあくまで簡易で、石窯とかオーブンとかは設置されてないので、今回はフライパンで作っちゃうぞ。でも火は魔法で出してるから、温度調節がやりやすい。

手のひら大くらいの大きさに分けたパン種をフライパンに均等に並べ、少しだけ水を入れて底を温め、醗酵させる。膨らんできたらガス抜きをして、今度は拳大くらいに分けてフライパンに並べる。そうしたらフライパンに蓋をして、弱火でパン種を焼いていくのだ。

工房の中は焼いているパンの匂いと、作っている途中の鶏ガラの匂い、さっき作ったコンソメの匂いが充満している。やばい、涎が垂れそう。

きつね色の焼き色をつけてから、裏返して同じように焼けば完成だ。焼き立てを少しだけちぎって頬張ってみれば、もっちりと柔らかく、バターとミルクの風味が鼻に抜ける。

これこれ！　これだよ！　これがパンだよ！

いや、俺は日本にいる頃は、硬めのフランスパンも好きだったけど。でもこの世界のパンは石であってパンじゃないんだ。

錬金術があれば重曹は簡単に抽出できるから、今度ソーダブレッドも作ろう。そんなことを考えながらもぐもぐし、残りのパン種も焼いては収納、焼いては収納を繰り返していく。

ちょうどパンをすべて焼き終わったくらいで、鶏ガラスープもいい具合になった。アクもしっかり取ったし、透き通った綺麗なスープができた。コンソメと同じように、半分は器に入れて収納、残りは顆粒にして瓶に入れて収納した。

スープの素さえあれば、今後は色んな料理を作れる。あとは明日以降も時間を見つけてちょっとずつ作り溜めていこう。

そういえば、ネット小説の料理チートの定番、マヨネーズを作ってないな。卵もあるし簡単に作れるから、今のうちに作っとこう。

ちなみに俺が思うに、マヨネーズを異世界の卵で流行らせるのはかなりの危険行為だ。生卵で食中毒になる人間が続出するだろう。安全な卵に守られて生活してきた、日本人ならではの発想だなと思うぞ。まあ、麹菌が存在するのか分からないのと同じくらい、サルモネラ菌が存在するのか分からないけど。

そんなマヨネーズも、俺には聖魔法の浄化なる魔法があるので大丈夫なのだ。

そういえば、光魔法の清浄で聖水を作ってポーションにするって言ってたけど、聖魔法の浄化では聖水は作れないんだろうか？　ポーション作りができるようになったら試してみよう。

とりあえず今はマヨネーズだな、マヨネーズ。

その日、夕食の時間になっても部屋から出なかった俺は、侍女長にすごく叱られることになった。ハインツは当然助けてくれなかった。

今日はユースティスと稽古の日だ。

ユースティスに日々手ほどきを受け、俺は弓術と槍術の技能を習得した。片手剣と両手剣も順調に熟練度が上がっている。毎朝の走り込みも続けているし、このままいけば3年後には立派なマッチョになっているはずだ。背は順調に伸びているし大丈夫だ、うん。

「ユースティス、先日ウィルモット先生から障壁魔法を教えてもらったのですが、実戦で障壁魔法を剣と組み合わせて使ってみたいのです。魔法を使いながら剣を交える時に、コツなどはありますか？」

「魔法ですか……魔法を使う者は、騎士団にも少人数ですがおります。しかし、詠唱に集中しながら剣を交えるのは非常に難しいとのことで、実戦で両方を使う者はほとんどおりません」

上背（うわぜい）のある魔物と戦う時に、風魔法適性の者がジャンプの補助を使って斬りつける程度の使用頻度だと、ユースティスは言う。この世界の魔法は、一般的には詠唱が必要なので発動が遅い。どういうメカニズムで詠唱がいるのかと思って試してみると、丹田から魔力を引き出して属性へと変換する動きの補助になっているようなのだ。

小さい頃からずっと無詠唱でやっている俺には必要ないものだった。詠唱している間に発動できちゃうからな。

ちなみに、この世界の風魔法は、空を飛べたりはしないそうだ。せいぜいジャンプの補助や落下の補助くらいだとか。まあ俺は飛べちゃうが。イメージは大事だ。俺は孫悟○になりきって舞空術(ぶくうじゅつ)を習得している。光魔法で太○拳もできるぞ。

王城の魔法師団や魔道具師団が空を飛ぶ魔法や魔道具を開発しようとしているが、空想的で現実味がないと、周囲から白い目で見られているとかなんとか。

……空を飛ぶ魔道具も、たぶんそう難しくはないと思う。風の属性で魔導回路を引いて、離着陸の補助をつけるだけなら簡単だ。ただその場合は鳥のように風に乗ることになるので、乗り手に技術が必要だが。

そう、メ○ヴェだよ、メ○ヴェ。

ナウ○カのように風を読めないと乗れないが、簡単に作れそうだし、試しに作ってみよう。でも試運転させてもらえるだろうか。ダメか。

「ですが、障壁魔法を覚えたのでしたら、守りの剣術や受け流しの短剣術を中心に覚えたほうがいいかもしれません。次回はマインゴーシュをお持ちしますので、一度試してみてはいかがでしょうか」

「守りの剣術も短剣術も知りたいです。ですが、どうして守りなのでしょう？　障壁魔法と剣の両方を使えるのなら、攻めやすい剣術のほうがいいのではないですか？」

「メイリーネ様が攻める必要はございません。守りに専念している間に、我々騎士が相手を討つからです。障壁魔法を張るまでの時間、守りきれるようにと考えるのなら短剣術が向いているかと」

そ、そっか……。

でも相手は騎士でも敵わない、得体の知れない化け物っぽい奴かもしれないから、攻めの技法も教えてほしいんだよな。具体的には悪魔じゃないけど悪魔っぽい、金髪で顔が整ってる優男なんだけど。

そんな話をして、ユースティスとの稽古は終わった。

午後からはトルデリーデ先生のダンスの授業がある。


昼食を終えたあと授業の部屋へと移動すると、いつもの机と椅子が端に寄せられ、そこは広々としている。

「トルデリーデ先生、今日もよろしくお願いします」

「はい。よろしくお願いいたします、メイリーネ様」

トルデリーデ先生とのダンスの授業は、とうとう女性パートまで教えられることになった。

いよいよご令嬢扱いだ。話し方も女性らしく変えてはどうかと、トルデリーデ先生と侍女長が相談していたが、それだけは許してもらった。今でも相当丁寧に話している。本当の俺は口が悪いんだ。

結局、男性的で粗野な物言いをさせない、ということで、侍女長とトルデリーデ先生の教育方針は決まったようだ。

社交ダンスだが、この国の夜会ではワルツが主流だ。地球の時代と文化的にはラウンドダンスが主流のはずだが、ナーロッパ的にはこっちが主流なのだろう。でも北の帝国なんかはラウンドダンスの夜会もあるらしい。あっちは異性との触れ合いに比較的慎重な文化なのだとか。

ということで、トルデリーデ先生には両方教えられている。

ワルツの男性パートはトルデリーデ先生に相手をしてもらっていたが、女性パートの練習はハインツが付き合ってくれた。ホールドを俺の体格に合わせてくれてるのか、すごく踊りやすい。ヒールのある靴で足を踏んでも許してくれる。心が広い。最近本当にハインツに絆されそうで困る。

ダンスの練習をしたあと、午後のお茶の時間は侍女長たちと刺繍をする。

今日は庭に咲いてる花をブーケ状にした図案を、白いハンカチに縫っていく。刺繍自体も嫌いじゃないが、俺は図案を考えてスケッチするほうが好きだ。誰か俺の考えた図案を縫ってほしい、と思うが、それを言ったら侍女長に怒られるので言わない。俺はお利口さんだからな。

細かな作業をしている間はずっと魔力操作を体内で繰り返して、魔法の修行も欠かさない。黙々と縫ってると頭が暇なのだ。

ところで、先日受けたウィルモット先生の魔法陣の授業にあった図案なんかは、刺繍をしたら使えないだろうか？　どうやら魔法陣や召喚陣は、本来は魔力が籠もったインクで書かないと効果を発揮しないのだとか。俺が悪魔を呼び出しちゃった時のインクは普通のインクだったけど。

糸に魔力を込めて魔法陣を刺繍したら、誰でも使えるようにできるのでは？　まあ現状、汎用性のあるものを作る気はないので、追々やっていくことにするが。

「坊ちゃまの考える図案は、いつもとても華やかで愛らしいですわね」

「このように愛らしいハンカチは、王都に行っても決して落としてはなりませんよ」

「そうです。我が家の騎士たちのように、粗野で不潔な殿方に拾われては大変ですわよ」

今日もめっちゃ騎士の悪口言うじゃん。俺の護衛を担当する騎士が、部屋の入り口に立ってるんだけどな。なんか胃を押さえてる。可哀想に……調薬で胃薬でも作ってあげようか。

どうもハンカチというのは、貴族女性が刺繍をする時は名前も入れるのが普通なのだとか。

そしてそれを男の前でわざと落としたり忘れたりするのは、「貴方と仲良くなりたい」だとか、

「貴方と2人きりで過ごしたい」だとかの、お誘いの意味になるとかなんとか。

拾った男性が刺繍の美しさからご令嬢に惚れ込んで、結婚を申し込むことも少なくないと言っていた。うん、絶対落とさないようにしよう。

「でも、私は男です。私のハンカチを拾ったら、男性の方も困るでしょう」

「そのように油断していてはなりません。男性は時にダイヤウルフのように獰猛な姿を見せるものなのです」

この世界でも男はオオカミなようだ。そろそろ本当に、俺は貴族のご令嬢なんじゃないかと勘違いしそう。

刺繍の時間はだいたいこういう話題なので、女子力53万へ騎士たちのフォローをするのはもう諦めている。こう言ってはいるが、侍女たちは結構騎士に優しいのだ。汗をかいたら身体を拭けとか、たまには風呂に入れとか、服は清潔にしろとか、細々としたアドバイスをしている。小言とも言う。

そうそう、今日のお茶請けは俺が工房で作ったスイートポテトだ。サツマイモっぽい芋があったので作ってみた。侍女たちは俺が料理を作るのにいい顔をしなかったが、錬金術の練習でできたものだと言ったら渋々納得してくれた。錬金術の練習だと言っているので作り方も聞かれない。

今回も味は上々のようで、侍女たちの反応はいい。女の人は芋が好きだって、前世で近所に住んでたお年寄りたちが言ってたからな、うん。

刺繍の時間が終わると、夕食まで工房に籠もって、もの作りの時間を過ごす。昼に考えてたメ○ヴェに必要な素材はハインツに注文しておいてもらうとして、今日は料理の作り溜めだ。

クッキー、パスタ、ハンバーグ。ソース作りもベースのスープがあるので捗る。

ああ、米が食べたいなあ。

5章　王都へ

13歳になった。

秋からは王都の学院で寮生活が待っている。あと1カ月ほどしたらこの住み慣れた屋敷を出ていくことになるかと思うと、少し寂しい。

出発準備で慌ただしくも寂しい、そんな生活を送っている俺だが、今は香水を作っている。13歳になり、俺も男として成長し始めた。そう、男はくさい生き物だからね。侍女長に悪口を言われたくないからね。

身体をしっかり鍛える日々を送り、すくすくと成長した俺だが、身長は結構伸びて目算170センチくらいはあるのに、厚みが全くついていなかった。筋力はそれなりなんだが、見た目がどうも貧相でひょろっとしている。ちょっと肉付きがいいな、と思うのは尻くらいだ。何も嬉しくない。

こんな体型でも、そのうち体臭がくさくなるはずだ。王都の屋敷でも工房を用意してくれると言われているが、寮生活ではずっと工房に籠もれないのだし、今のうちに匂いエチケットの対策をしておこうと思ったのだ。

香水についてだが、日本では男女共に印象がよくて人気があるのは石鹸の香りである。では、この石鹸の香りとは何か？　そもそも石鹸の香りは固定していない。この世界のように獣脂を使っていたら獣くさいし、海藻や植物油で作ったら、日本人の言う石鹸の香りにはならないのである。石鹸の香りとは、石鹸に使われている香料の香りだ。そして石鹸に使われている香料は、圧倒的にフローラル系が多い。いくつかの花の香りを混ぜて整え、出来上がったフローラルの香りに、アルデヒドという合成香料を混ぜているものが主流なのだ。

ちなみにアルデヒドは錬金術で簡単に抽出できた。これ、実は単体では全然いい匂いじゃないんだが、香料と混ぜると香りに深みと色気が出る。というのも、ちょっと人間の体臭に似ているからなんだが。

かの有名なシャ○ルの五番にも使われている。

この世界、調香している香水が出回っておらず、専ら花なんかの香油をそのまますつけたりしている。ちょっと匂いがきつすぎるし、香水っていうのは混ぜることでかなり自在に印象を変えることができるので、俺の体臭と喧嘩しないような、くさすぎない匂いにしていこう。

あんまりフローラルフローラルしていると女性的すぎるし、マンゴーなどの甘みがある果物とすっきりした柑橘系の香り、あとは瑞々しい蓮、ヒヤシンスなどの控えめな花、ごく僅かにムスク系の香りを混ぜて調節する。

調節が終わったら、酒から抽出したエタノールに混ぜて完成だ。簡単。

ついでに同じ香りで、固形石鹸とオイルシャンプーも作った。ラスティル領の南のほうでパームっぽい椰子が自生しているらしく、価格も安価なのでパーム油を用意してもらった。これで獣脂石鹸も卒業だ。

あと、椿油に香料を混ぜて香油にしたものは、侍女長に渡して、朝の髪を整える時に使ってもらう。俺の銀髪は伸ばしに伸ばして、今は胸の下くらいまである。手入れはハインツや侍女長たちに任せているが、普段は横に流してゆるく三つ編みにし、剣の稽古をする時は、邪魔なのでポニーテールにしてもらっている。侍女長はラベンダーオイルがお気に入りのようだが、香りがきつすぎてつらいので変えてもらおう。

「これが、坊ちゃまのお作りになった香油ですか？」

「はい、錬金術の練習として作ってみたのです。今使っている香油から、これに変えても構いませんか？」

「まあ、ふわりと甘やかでいて、すっきりと瑞々しく、それでいてどこか凛とした香りですこと。成長なさった今の坊ちゃまによく合うでしょうね」

俺の作った香水に侍女長は満足したらしい。うん、よかった、よかった。これで刺繍の時間にくさいと言われずに済むぞ。

侍女長に香油を渡したあとは、昼食をとってからバリ・トゥードおじいちゃんの授業だ。周辺の領地や派閥の違い、国の情勢なんかを詰め込みで習っている。

というのも、普通の貴族の子供は母親や父親などに連れられて、5歳くらいから同じ派閥や両親と仲の良い貴族のお茶会や食事会に参加し始め、それとなく派閥の状況を知り、同年代の子供たちとの交流を持っているものらしい。俺はそういう横の繋がりが全くないまま学院に行くから、ある程度は知識を広めに持っておかないとマズいとのこと。

父親の教育方針でこうなったのだとハインツや侍女長は言っていたが、どうやらこれで、俺は1人ぼっちで入学することが確定していて、絶望した。周りのみんなが、すでにある程度仲の良い友達がいる中で、孤独な学園生活……しかも、生まれてから今まで大人としか接してこなかったせいで、13歳の子供とどう仲良くなればいいかも分からない。終わった。始まる前から俺の学園生活は終わった。

そんなこんなで、心の中で泣きながらも、毎日知らない貴族の名前を覚えている。

ラスティル家は中立派なのだが、現当主である父が宰相の補佐をしており、宰相の派閥に比較的寄っている状態だそう。その宰相は、先々代の国王の弟が開いた公爵家の出らしい。今のネリス王国は王家の力が弱く、貴族たちは派閥争いが絶えず、ちょっと王都を離れれば、小さな貴族同士が領地を取り合って勝手に戦をしていたりする。そして王家にそれを止める力はない。なんとも熟れた国だ。

　建国してもう５００年もの歴史があるので、そういうことも起こるのだろう。

　そういえば俺は、この3年の間に、絹作りに成功している。なぜかこの世界、シルクがないのだ。まあシルクロードもないし、中国っぽい国もないせいなのかもしれないが。

　ウィルモット先生が、授業で使う蛾の魔物の鱗粉を冒険者ギルドに依頼して、屋敷にそれが届いたのだが、先生が持っていた魔物図鑑でその蛾の絵を見せてもらって、びっくりした。まんま蚕だったのだ。ただし、サイズが小屋くらいに大きいが。

　詳しく聞いてみたら、ラスティル領の中央部や他の領に自生する、ものすごく生命力の強い木があり、魔木ではないのだが、とにかく増えやすいし枯れにくいという。放っておくと、他の山の植物がどんどん侵食されて枯れるのだとか。

　その木の葉を餌にしているのが、蚕らしい。羽を広げたら小屋くらいの大きさになるでかい蛾なのだが、こいつがものすごく弱い。魔物のくせに戦う力がなく、鱗粉に若干の麻痺効果があるが、大量に吸わないと人間が動けなくなることはないのだとか。

　本来ならいくらでも駆除できるのだが、ラスティル領では生命力の強い木を増やしすぎないように、ある程度放置されている。まるっきり蚕みたいな蛾の魔物の繭を取り寄せてもらったら、繭もでかい。そしてでかいくせに、生糸は地球のものと同じくらい細く繊細だった。

ということで、生糸を取り出し、糸を撚り、機織りで絹を作るに至った。

思い返せばとても大変だった。絹糸まではなんとか作れたが、どうしても機織りの仕組みが分からず、機織り工房の人を呼んで、手織りの道具を1つ屋敷の工房に入れてもらった。これにはハインツも侍女長もものすごく反対し、かなり大変な交渉だったが、父親に誕生日祝いとしておねだりすることで許してもらった。

現在、機織りを改良し、魔道具にした自動機織りが、俺の空間収納に何台か眠っている。

絹を作ったはいいものの、シルクの服はまだ完成していない。魔道具の服として魔法効果をつけようと思っているので、もう少し魔導回路の設計を見直したいのだ。

「メイリーネ様、明日は午前中に仕立て屋が採寸に参ります。ユースティスとの剣のお稽古はそのあとにお願いします」

「分かりました。王都で着るための服ですね？」

「はい。王都はここから馬車で2日半ほどですが、領都に比べてかなり寒いですから、温かい服をいくつかと、制服を仕立てる予定です」

「では、先日工房で作った生地がありますので、1つはそれを使ってもらいましょう」

絹ができたので、ベルベットもこの際作ってしまおうと、パイル織りができる機織り機を作ったのだ。そしてパイル織りができるようになったので、シルクでベルベットを作るついでに綿で別珍（べっちん）も作った。今回仕立ててもらうのは、この別珍だ。ベルベットに比べて光沢（こうたく）はそんなにないし手触りも硬めだが、充分温かいし、素材が綿なので出所も怪しまれない。それに水洗いだってできる。

綿のパイル織りは、糸の種類を変えたりするだけでタオルもできるので、このタオルも俺の収納には大量に眠っている。寮生活で自分の面倒を自分で見ることになったら使うのだ。

王都の外壁が見えてきたのは、領の屋敷を出てから2日経った午後のことだった。領都を出た時にはまだ残暑の残る気温だったが、たった2日北上しただけで、王都はもう涼しい風が吹いている。尻の痛みに耐え続けた2日間だった。

屋敷の皆に挨拶を済ませ、家庭教師たちにお礼を言ってから、4頭立ての馬車に乗ってはるばる王都へとやってきた。後ろには俺の荷物を積んだ荷馬車が続いている。

トルデリーデ先生とバリ・トゥード先生は屋敷から直接自宅へと帰るが、ウィルモット先生は王都の領事館にまた滞在するとのことで、一緒に馬車に乗って屋敷を出発した。

俺の侍女たちとハインツも一緒だ。

侍女たちはもう結構高齢なのだが、みんな「墓に入る寸前まではお供しますよ」と、オババジョークを言ってついてきてくれた。正直かなり安心した。

王都の屋敷には父と継母と弟が住んでいるはずだが、取り仕切っているのは女主人である継母だろう。こういう家庭環境の場合、嫡子は継母から疎まれるものだ。誰だって自分の息子を領主にしたいからな。まさに俺は、男シンデレラってわけだ。

学院の寮に入るまでの数日間だけとはいえ、疎まれたまま同じ屋根の下で生活するのは難しい。特に身の回りの世話に関しては、メイドを使った嫌がらせをされると、貴族の坊っちゃんは何もできないのだ。まあ俺はできるが、貴族らしくないのでしてはいけない、だ。

だから侍女長を含めた侍女たちが、そのまま王都へとついてきてくれたのはとても助かる。

ハインツについては、この10年間一緒に過ごして、正直かなり信用し始めている。

本当は、継母の差し金でつけられたわけじゃないのかもしれない。俺の行動に制限をつけることもなく、さりげなくフォローに回ってくれるし、貴族の常識から逸脱しそうな場合はちゃんと諫めてくれる。暗器やら偽装やら隠蔽の技能を持っていること以外は、本当に理想的な従者なのだ。これで裏切られたら、覚悟はしていても落ち込んでしまいそうだ。

まあ、王都の屋敷で両親に挨拶をした時の、彼の反応を見て考えよう。

「アラ、王都は思ってたよりまだ暖かいわねぇ」

「そうなのですか。領都の屋敷に比べて、急に涼しくなったので驚いています。ウィルモット先生は、エルフ領事館へこのままお送りして構いませんか？」

「ええ、ありがとう」

王都の外壁の前で御者が手続きを済ませ、街の中へと馬車は入っていく。街並みは、領都に比べるとどこか固く、無骨な感じがする。石造りの家が多いせいか？　木骨造りの家が少なく、屋根の色も暗色が多い。領都のオレンジ色の屋根が続く街並みとはかなり印象が違った。

大きな石畳の通りを馬車でゆっくりと抜ける。午後のゆったりした時間だが、街は多くの人が歩いて、賑わっていた。

平民だろう人々は、概ね似たような格好をしている。女性ならワンピースかスカートにシャツ、上からボディスをつけて、ケープやコートを羽織っている。男性はズボンとシャツに、同じくコートやマントが多い。

時々とんでもなく派手な服装をして歩いてる人もいるが、ほとんどが冒険者だ。貴族も派手な格好をするが、徒歩で歩いたりはしない。冒険者は名を売るために派手な格好をしているのだとか。たまに世紀末覇者みたいな格好の男もいて、なんだかナーロッパだなあという印象だ。

平民が多く暮らす区画を抜けると、貴族街に入る。人通りはぐっと減り、大きな屋敷が立ち並ぶ。そんな屋敷のひとつが、エルフ領事館だった。

もっと森の中の素朴な木造一軒家みたいなイメージを抱いていただけに、普通のお屋敷で、逆にびっくりしている。門の前で馬車を停めると、ウィルモット先生が降りてゆく。

「ありがとう、メイリーネちゃん。アナタはここ100年くらいじゃ一番優秀な生徒だわ。アタシは当分領事館に滞在する予定だから、いつでも遊びに来てちょうだいね」

「はい、迷惑でなければぜひ伺(うかが)います」

どうせ学校が始まってもぼっちなのは確定してるからな。友達ができなかったら、寂しくて毎週来ちゃうかもしれない。

それにしても、おねえさんに年齢を聞くのは憚(はばか)られて結局聞けずじまいだったが、やっぱりエルフは長命なんだな。100年前のことを覚えているってのがすごいよ。俺なら50年前でも忘れちゃってそう。


ウィルモット先生と別れて、馬車はまた貴族街を走る。王都のラスティル邸へとだんだん近付くなか、俺の緊張は少しずつ高まっていく。

赤ん坊の頃に会ったきりの父親への挨拶とか、どうすればいいのか分からない。一応侍女長に相談して、初めましてではない言葉が望ましい、と言われたので、そうするが。反応も正直怖い。手紙のやり取りでは、それほど俺のことを疎んでいる様子はなかったし、マメに返事もくれるのだが。継母と弟については完全に未知だ。もう俺は、自分が男シンデレラでも驚かないぞ。

馬車は綺麗に整えられた石畳を進み、王城が大きく見える位置にある、広い屋敷に到着した。門が開かれ、そのまま前庭を進み、屋敷の扉の前で停まる。

ハインツが馬車を降り、続いて降りると、扉の前には、屋敷の使用人たちを背後に並べた、見覚えのある顔が立っていた。父だ。赤ん坊の頃に見た時よりも、幾分か目尻の皺が増えているが、顔つきはあの時と同じように厳しい。もしかして、ずっと待ってたんだろうか。

「お久しぶりです、父上。本日より、このお屋敷でお世話になります。数日ですがよろしくお願いします」

そう言って貴族の礼をすれば、父は眉間に皺を寄せてひとつ頷く。

「……うむ、よく来た。まずは入りなさい」

「はい」

後続の馬車に乗せた荷物を侍女たちと屋敷の使用人に任せ、俺はハインツと共に父の後ろについて屋敷へと入った。中のインテリアや調度品は、領都の屋敷のものと似ていて馴染みやすい。父の趣味なんだろうか。華美すぎず質素すぎず、いいセンスだと思った。

俺の領都の部屋なんかは、侍女たちが好きに整えていて、もうちょっと柔らかいというか、女性的な部屋だったが。父からもらった花柄のおままごとセットも部屋に飾ってあるし。

廊下を通って階段を上り、通されたのは書斎のようなところだ。ソファを勧められ腰を下ろすと、父についていた執事か家令っぽいおじいちゃんがお茶を淹れてくれる。このおじいちゃん、ハインツに似てる。親子だろうか。それにしては、俺の後ろについてるハインツは特に反応もなく、普通だ。従者ってそういうものなのか？

向かいに座った父にお茶を勧められて一口飲む。お茶の味は領都と違って渋みが強い。甘いものが欲しくなる味だった。

「入学手続きは明日だ。学院へは私が同行する。簡単な学力調査があるので、そのつもりでいるように」

「はい」

「あとは、以前手紙で相談されていた件だが」

ん？　手紙でした相談って何？

台所や機織り機など、数々のおかしなおねだりをしたのは覚えているが、相談なんてしたか？

「お前の将来の……、婚姻の件だ」

きょとんとしていた俺を見て、父は唇を一度引き結んでからそう言う。

ああ、結婚の話か。以前、半分くらい冗談のつもりで、「パパみたいな人と結婚したいけど、そんな素敵な人はいないから、とりあえず当分は結婚せずに領地にいたいな」みたいな話を、貴族的な表現で手紙にしたためたんだった。

無視されるか怒られるかするだろうと思っていたら、分かったとだけ返ってきて、これは分かってないんだろうなと流したんだったかな。

「父上、あの件については……」

「うむ、婚姻の申し込みは、今のところすべて断っている。だが、学院に入れば、生徒たちからの接触があるだろうから気をつけなさい」

おっと。冗談のつもりだったけど、俺の希望を叶えてくれたようだ。でもいいんだろうか、貴族なんだから家同士の繋がりや婚姻は大事なはずだが。俺のせいで家が傾くとか、胃に穴が開いちゃうから嫌なんだけど。

「……いいのですか？」

「構わん」

即答だった。強いな、俺の父親。ダテに厳つい顔してない。

学院に入学したら、生徒たちに気をつけること、寮に入れば身の回りのことは自分でしなければならないが、日常で使う金銭については家から出してもらえることなど、いくつかの連絡事項が続く。

他に、今年は大丈夫だが、来年には第二王子が入学予定で、在学中に立太子される可能性が高い。見初められたり、側近に欲しがられたりしないよう、注意することなどを教えられた。

分かった。俺はフラグを立てないぞ、絶対にだ。

一通りの説明が終わったら、父は執事に小さな革のポーチと、カードケースのようなものを持ってこさせた。

「受け取りなさい、13歳の誕生祝いだ」

「ありがとうございます」

にこっと笑って、渡されたものを受け取る。丁寧に鞣された真っ白な革のポーチと、同じ革素材でできているらしいカードケースっぽいものだ。どうやらどちらも空間収納がついていて、この世界で異空間ダンジョンの宝箱などから稀に見つかるという、高価なアイテムだ。

ポーチは腰のベルトに吊り下げて持ち歩くように、カードケースっぽいものは、財布としてお金を入れるように、とのことだ。

確かに、この世界のお金は全部硬貨だから、貴族ともなると動かす金額が多いせいで、自分で財布を持つのは大変だ。普段は従者などが管理しているし、俺も硬貨の種類を授業で教えられたが、実際に持ったことはない。何せ、神殿へ適性検査をしに行く以外で、屋敷の外に出してもらえなかったからな。商人がものを売りに来ることはあったが、精算はいつもハインツがやってくれていたし。

だが、在学中は自分で金銭を管理したり、持ち歩いたりしなければいけない。侯爵家ともなると、13歳で空間収納付きの財布を与えるのは普通のようだ。まあ俺は空間収納を持っているのだが、それでもこれはカモフラージュに重宝するだろう。

丁寧にお礼を言い、侍女たちが整え終わった部屋に下がって休む。

部屋で調べてみれば、もらったポーチは小型馬車くらいの荷物が入るようで、時間停止はなかった。財布の容量はその半分ほど。たぶん、財布のほうは使わないだろうな。硬貨なんて、空間収納に入れておくのが一番安全だ。まあ俺が死んだら消えちゃうから、遺産としては残せないけど。

明日は学院で入学の手続きだ。父が言うには、色んな貴族が親子で手続きに来るので、挨拶をしないといけない。だからそのあたりを、侍女長によく教えてもらうようにとのことだ。貴族の挨拶は一通りトルデリーデ先生と侍女長に叩き込まれているので、大丈夫だろう。挨拶よりも、そこで出る話題にどう受け答えすればいいのか、分からない場合がまずい。変な返しをして、父が困ったり、俺が困った状況になったりしないか不安だ。

ところで、継母と弟の姿を一度も見ておらず、父が一言も話題に出さないのはなぜなんだろうか。侍女長やハインツも話題に出さないし、こわくて聞けない。

閑話　光魔法を持つ少年

「イーグル様、ご当主様がサロンでお待ちです」

従者の言葉に頷いて、靴の泥を落としてから屋敷の中へと入る。訓練場からサロンへ移動しながら、午後の予定を組み直す。父がサロンで茶を飲むなど珍しい、と、一緒に訓練をしていた側近や騎士たちも首を傾げていた。

辺境伯である父は、土地柄もあり、貴族の当主としてはかなり無骨な男だ。サロンで茶を飲むなど、母に呼ばれて付き合っている時くらいだろう。その母も今は領地にいる。この王都の屋敷では、サロンを使うことなど滅多にない。

「イーグル、明日の学力調査と進級手続きのことだ」

ソファへと腰を下ろし、向かいに座る父へと視線を向ければ、真剣な表情でそう言われる。いつもは進級手続きに付随する社交を面倒がるくらいだ、事前に話があるなど、当然だが今まではなかった。

俺は今期から最終学年に入る。卒業して成人式を済ませたらすぐに領地へと戻る予定だが、それまでは学院の寮で過ごすことになる。

「何かあるのですか？」

「ああ。今年の1年生に、ラスティル侯爵の息子が入学する」

ラスティル侯爵家は、確か北東の辺境領である我が家とは、王都を挟んで対角に位置する領地を持つ、中立派の貴族だ。領地が遠いこともあり、ほとんど交流はないはずだ。むしろ、あの宰相の補佐をしている役職柄、父との仲はあまりよくないのではないか。そのラスティル侯爵家の息子がどうかしたのだろうか。

「学園に提出された適性検査の書類によれば、魔力量12の光魔法適性持ちだ」

「光魔法⁉」

「そうだ。ここ数十年、貴族の家から光魔法の適性者が出た話は聞かん。それも、魔力量12だ。子を産むことも難しくない」

「それは……」

父の視線から、これが婚姻の話だと理解する。今まで父が縁談を持ってきたことは一度もない。いつも縁談を持ちかけてくるのは、領地にいる母だった。

「ですが、そんな話は一度も聞いたことがないですよ」

それが本当なら、我が家だけでなく、どの貴族からも縁談が殺到するはずだ。そんな噂を父と母が聞き逃すはずがない。

辺境伯の領地は、東の森から溢れる魔物の被害と、北の草原地帯に住む騎馬民族の襲撃が度々あり、外部との戦いが絶えない場所だ。北東の要として辺境伯は代々、魔物や騎馬民族との戦いに明け暮れてきた。教会が癒やしの魔法やポーションの相場を牛耳っている中、魔力量が12ある光魔法適性者となると、我が領に迎え入れることができればかけがえのない助けになる。

「領内で隠されるように育てられていたらしいな。産後に生母が他界し、その後は神殿への適性検査以外は一度も屋敷を出ていないという噂だ」

「一度も？　まさか。侯爵は植物でも育てていたのですか？」

「お前の子供の頃と同じに考えるな。お前のように、剣を持ち始めたらすぐに屋敷を抜け出して、森遊びをしていた貴族の子はそうおらん」

俺の言葉に、父は豪快に笑いながらそう返してくる。そうかもしれないが、それでも一度も屋敷から出ないなど、にわかに信じられる話ではない。辺境出身の俺ですら、屋敷を抜け出していたことを除いても、入学までには何度か王都での茶会や食事会に参加していた。

「王家は第二王子殿下の妃候補にどうかと交渉しているが、うまく断られているようだな。だが世間知らずであろうとはいえ、宰相補佐をするあの男の息子だ。学園での成績如何で、妃ではなく側近として王子本人から欲しがられるだろう」

紅茶を一口飲み、あの王子は抜け目がないからな、と父が鼻を鳴らす。

第二王子はまだ12歳だったか。俺はあまり面識がないが、城で少しずつ公務に携わり、優秀だと聞いている。第二王子の母君は穏健派であるリディアヌ公爵家出身の王妃で、武闘派の我が辺境伯家はあまり肌に合わないのだ。

「光魔法の適性者だ、おそらく魔導学科を取るだろう。ということでだ、お前、今年は騎士科と併せて魔導学科を取る気はないか？」

「俺の火花しか出ない火魔法で、魔導学科を取れと？」

「ラスティル家の息子と面識を得るためだ。成績は気にしなくて構わんぞ」

「ですが、男なのでしょう？　もしも妻として得られても、俺に夫の役目が果たせるとは思えません」

「ふむ……しかしな、お前の懸念は杞憂だと思うぞ。何せ母親が……ま、これはいいか。とりあえず、明日の手続きの場で挨拶くらいはしておこうと思う。お前もそのつもりでな」

父の言葉に、俺は溜息を吐いて頷く。父の意向とはいえ、正直に言えば気が重かった。いくら俺が色恋に興味がないとはいえ、男に欲情する質ではない。結婚相手なんて誰でもいいと思っていたが、まさか男が選択肢に入るなど想定していなかった。

翌日、父と2人で学院の受付会場へと向かった。

ネリスティア王立学院は、国内の貴族の子弟が13歳になると、必ず入学する学院だ。３年間の寮生活で教養を身につけ、卒業と同時に王城で成人式を行い、そこで正式に王国貴族として認められる。

毎年、入学と進学の手続きは保護者同伴で行われる。生徒たちが学力調査をしている間に、待合広間では、大人たちが社交を兼ねた挨拶をしている。

父の目的もあって早めに待合広間へと入ったが、去年に比べ、他の貴族たちも集まる時間が早い。いつもならほとんど人がいない時間だろうに、待合広間は若干のざわめきと共に賑わいを見せていた。

「ふん、どこの家も光魔法と聞くと必死だな」

父の言葉に、当然だろう、と思った。たとえ力のない貴族であっても、光魔法の適性者を得た家は、国内外問わず大きな影響力を持つことができる。神殿を介さずに癒やしやポーションの恩恵を受けられるとなれば、どこも面識を持ちたがるはずだ。

広間で貴族同士の穏やかな挨拶が繰り返される中、ラスティル侯爵が広間へと入ったのは受付の締め切りギリギリの時間だった。広間は一瞬の無音に包まれる。同時に、俺も思わず息を詰めていた。

ラスティル侯爵の隣を歩く華奢な少年は、艶のある長い白銀の髪を横に流してゆるく編み、周りの貴族たちの視線が一斉に向く中、口元に穏やかな笑みを浮かべていた。遠目でも分かるその美しさに、広間の誰もが視線を奪われている。

「ふむ。心配はしていなかったが、想像よりもずっと美しいな。イーグル、あの見目ならばいけるだろう？」

「……まだ13歳でしょう？」

ニヤニヤと笑いながらそう話しかけてくる父に、俺は暗に成長前だから抱けそうに見えるだけだ、ということをほのめかす。どれだけ美しい顔をしていても、男なのだ。成長すれば骨は太くなり、どうしたってむさ苦しい出で立ちになるだろう。

周りがざわめきを少しずつ取り戻す中、初めにラスティル卿へと挨拶に向かったのは、一番爵位の高い公爵家だった。

こういった時の挨拶が身分の順であるのは、貴族としての不文律だ。本来ならば侯爵であるラスティル卿から挨拶をして息子を紹介するべきなのだが、受付の締め切り時間ギリギリに来るくらいだ、その意思はないのだろう。試験が始まって、子供たちが広間を出てから挨拶をしても、特に失礼というわけではない。おそらく公爵もその意図を察して、焦って話しかけたのだろう。

父が試験開始の呼び出し時間を気にする中、俺はラスティル侯爵から目を離して広間の中を見るとはなしに見た。貴族の子息だけではなく令嬢たちも揃って、ラスティル侯爵の隣に立つ息子に目を奪われているのが分かる。

「イーグル、行くぞ。愛想よく笑っておけよ。お前は笑っておけば、俺に似て男前に見えるからな」

父の言葉に仏頂面で頷き、ラスティル侯爵の立つ広間の壁際へと向かう。周りの視線が纏わり付く中、父の目はその視線を愉しむように細められていた。

「久しぶりですな、侯爵。今日はぜひ息子を紹介させてくだされ」

「うむ。ラサクア辺境伯、壮健そうで何より」

「初めまして、ラスティル卿。ラサクア辺境伯家の第一子、イーグルと申します。以後お見知りおきを」

「うむ。ラスティル侯爵、ベルギウスだ。隣は息子のメイリーネ」

「初めまして、ラサクア辺境伯、イーグル様。ラスティル侯爵家の第一子、メイリーネと申します」

まだ声変わりの始まっていない、鈴の鳴るような音色だった。低い声ではないのに、穏やかで落ち着いた印象がある。第一印象は悪くないな、と思った。

間近で見るメイリーネは、驚くほどに顔が整っていた。白い肌に大粒のアメジストのような瞳、形のいい唇は薄い桃色で、通った鼻筋と細い顎のラインが怜悧な印象を残しつつも、年齢に見合わない色気を目尻に載せている。美少年や美青年というよりは、男の美少女といった印象だ。

　俺は貴族の礼を返してきたメイリーネに笑いかけた。公式の場でしか使わない、取ってつけたような笑みだ。その笑みは軽く流され、とても初めてとは思えない慣れた様子で、メイリーネは父と話している。

「メイリーネ殿はなんでも、領地を出るのが初めてだとか」

「はい。王都は何もかも知らないものばかりで、到着してからずっと目で楽しんでおります」

「知らないものといえば、メイリーネ殿の今日の衣装はとても美しい布地ですな。私は初めて目にしますが、最近ラスティル領で作られ始めたものですかな？」

「これは綿で織った布地です。王都はラスティル領よりもずっと寒いと聞いていたので、暖かい織布で作ってもらったのです」

　父の質問に、メイリーネは明言を避けてうまく返してくる。

　メイリーネが身に着けているラベンダー色をした揃いの上下は、見たこともないようなしっとりとした光沢があり、毛皮かと思ったほどだが、刺繍の縫製を見る限り上質な布のようだ。

それでも、薄い紫の染めも相まって、綿布には見えないような高級感がある。

「王都で寒いというなら、メイリーネ殿は我がラサクア領では凍えてしまうかもしれませんね」

俺がそう言うと、父がこっそりと踵を蹴ってくる。俺はそれを甘んじて受けた。これ以上愛想をよくしろと言われても無理だ。

「我が領は冬になれば雪に閉ざされる北東の辺境ですからな。そのように綿でできているのに暖かい織布というのは、興味がありますな」

「その話はまた後日とさせていただこう、ラサクア辺境伯」

「うむ、そうですな。どうも後ろがつっかえているようですからな」

父のその言葉に、メイリーネはふふっと小さく息を吐いて笑った。その顔は先ほどまでの大人びた薄い笑みとは違い、年相応の愛嬌がある。ハッとして、慌てて表情を取り繕う姿も、素直そうで好ましいと思った。

「失礼しました……」

「なんのなんの、構いませんぞ」

父は豪快に笑い、うんうんと頷いている。

「分からないことや困ったことがあれば、いつでも息子に相談してくだされ」

「ありがとうございます」

頬を染めて恥じ入る姿をもっと見ていたいと思ったが、睫毛を伏せて優雅に目礼をした時には、もう澄ました顔に戻っていた。

それを残念に思いながらも、父が話を終わらせて2人から離れた。

別の貴族が子供を連れてメイリーネに話しかけに行くのを見ながら、父が獲物を狙うような顔になる。

「どうだ、イーグル。なかなか純朴そうで好ましい少年じゃないか」

「……魔導学科を取ります。成績が悪くてもいいなら」

俺がそう言うと、父は楽しそうに大口を開けて笑った。

6章　ネリスティア王立学院

入学手続きと学力調査は大変だった。

王都に来るまでは、貴族がなぜわざわざ保護者として同伴するのか不思議だったのだが、実態は半分くらい社交場を兼ねていた。やはり侍女長に挨拶とは別に、受け答えについて聞いておいてよかった。

赤レンガでできた棟に入って入学手続きを済ませると、学力調査の時間まで広間で待つように言われたのだが、この広間が、ダンスホールか？　というくらいに広かった。壁際に用意されたテーブルの上には、オードブルとワイン。中には貴族の保護者と生徒。まんま社交場である。

受付時間ギリギリに行くと父から言われていて、なんでだろうと思ったが、その通りにしてよかった。広間に入った瞬間の、知らない人たちから刺さる視線があまりにも痛かった。

父の知り合いだろう貴族が挨拶に来るなか、初めての社交に胃をキリキリさせ続けた待合広間だった。

みんな、視線も言葉もあからさますぎる。

子息子女の紹介を兼ねて保護者が挨拶をしてくるんだが、男からはねっとりとした、纏わり付くような視線を感じて気持ち悪いし、ご令嬢たちはみんなギラギラしていてこわい。紳士淑女はどこに行ったんだ。

中には俺の手を取って指先に口づけしてくるハゲ親父がいて、鳥肌を我慢するのが大変だったし、話し終わったあとにわざとらしくハンカチを落とすご令嬢もいた。気付いてない風を装って後ろを向いている間に、父が拾って返していた。

学力調査で広間から呼ばれた時は、心底ホッとした。

そんな救いの手である学力調査だけど、俺が5歳から8歳の頃にバリ・トゥード先生から教えられた内容がほとんどだった。簡単な王国の歴史と算術の筆記試験だ。俺は3問ほど空欄で提出した。全問正解なんて絶対しないぞ。目立ちたくないからな。

「メイリーネ、本当に魔導学科を取らなくてよかったのか？」

「はい、父上。魔法について分からないことは、王都に滞在しているウィルモット先生に教わりたいと思います」

学院の授業は、生徒全員が学年ごとに受ける教養科と、3つの専門科がある。騎士科、魔導学科、高等学術科だ。俺は今日の広間の様子を見て、魔導学科を取るのをやめた。なぜならこの取得学科は、魔法適性がなくても取ることができる。各魔法属性の授業の他に、錬金術、魔道具作りの授業なども含まれ、適性や技能がなくても、学べば後々習得する可能性があるからだ。俺が魔導学科に入ることを予想して、今年から魔導学科を取る生徒が増えるのは想像に難くない。

そんな見えてる地雷を俺がノコノコと踏むわけがないのだ。そんなことをしたら1週間で胃に穴が開いてしまう。

騎士科も言わずもがな。体力があり余る若者たちの中に入っていく勇気など、俺にはない。

ということで、俺は高等学術科を取った。

広間での社交中、だんだん機嫌が悪くなっていった父は、帰りの馬車ではいつも通りに戻っていた。いつも通りの厳しい顔だ。決してニコニコ上機嫌なわけではない。もうこれが父の普通だと思うしかない。

「お前は剣の腕もなかなかだと騎士たちから聞いている。体格にはあまり恵まれていないが、騎士科を取ってもよかったのだが」

父の言葉に、俺は苦笑だけを返した。

領都の屋敷にいた頃は、周りが大人ばかりだからこんなものかと思っていたが、この世界の人間は、全体的にみんな背が高いのだ。今日の手続き会場にいた生徒たちは、俺と同じか1つ2つ上くらいの年齢のはずだが、男子は概ね俺より背が高くがっしりとしていて、女子は同じくらいの身長で、体格も俺並みだ。つまり、骨格がすごく発達している。

父も背が高く体格がいいので、そのうち俺も成長するのだと信じたい。もうそれしか望みがない。

「まあ、いいだろう。やりたいようにやりなさい」

「ありがとうございます、父上」

うーん、本当にいい父親に恵まれてる。生まれた瞬間に母親から可愛くないと言われた時はどうしようかと思ったけど、離れた領都にいる頃も、父は俺の養育のためにじゃぶじゃぶ予算をつぎ込んでくれてたし、おかげで高価な魔物の素材や、魔石、魔導書なんかも手に入った。今も空間収納にたくさんの作品や素材が眠っていて、錬金術や魔道具作りの技能はかなり上がった。

これで継母と弟との仲さえ良好なら、と思ってしまうのも仕方ないだろう。

そんなことを考えながら馬車で屋敷に戻ると、噂をすればというかなんというか、玄関前に馬車が停まっていた。そして、玄関扉から出てくる貴婦人。

「ああ、レイラか。出発が遅れているようだな。……仕方ない、メイリーネ、挨拶をしなさい」

「はい」

馬車の向かいに座る父が、どこか困った様子でそう言う。レイラというのは継母の名前だ。

父の様子から、どうも継母には会わせたくないようだったが、ここにいて無視もできないのだろう。俺と父は馬車を降り、玄関口に立つ貴婦人の前へと立った。紺色の髪を結い上げ、レースの扇子で顔を半分隠している。隣には、俺と同じくらいの背をした子供が立っている。間違いなく弟だろう。おかしいな、俺より2つも年下のハズなんだが、なんか体格は俺よりいい気がするな。背は負けてない……ハズだ。勝ってるかと言われたら微妙だが。うん、この話はやめよう。

「初めまして、母上。メイリーネです。お会いできて光栄です」

緊張しながらも貴族らしい微笑を貼り付けてそう挨拶したが、継母は目を細めて俺を冷たく見下ろすだけだった。そう、見下ろされている。つまり170センチほどある俺よりも背が高いのだ。ヒールの靴を履いているにしても、随分と身長がある。隣に立つ弟が大きいのは遺伝だな。きっとそうに違いない。

「……ハインツ。わたくしの言ったことを理解していなかったようね」

継母のその言葉に、俺の肩がビクリと跳ねた。継母の視線は俺を飛び越えて、後ろに控えているハインツを見ている。

……やっぱり。

落胆と同時に、緊張を覚え、胃のあたりがきゅっと引き絞られるように痛んだ。ハインツは何も答えない。後ろの気配に動揺はない。

振り向きたかった。振り向いてハインツの顔を見て、どういうことかと問い詰めたかった。

だが同時に、それをするのがこわくもあった。

今は挨拶の途中だ、従者のほうを見るのは無作法だろう。俺は強張る頬に力を入れ、無理やり笑顔を維持した。その様子を見た継母は、扇子越しの唇からゆっくりと、俺に言い聞かせるように言葉を吐き出す。

「わたくしは、貴方の母親ではありません」

それだけを言い、隣に立つ弟の腕を掴んでさっさと馬車に乗り込んでしまう。父が隣で溜息を吐いて、御者に出発するようにと伝えていた。

俺は継母と弟が乗る馬車が屋敷を出ていくまで、その場に立ち尽くしていた。顔には無理やり貼り付けた微笑がそのまま残っていた。

そのあと父から、継母と弟は、俺と入れ違いに領地の屋敷へ向かったのだと聞いた。俺とは顔を合わせたくないらしい。いくら寮生活とはいえ、長期休暇には屋敷に戻るし、同じ王都だ、週末だけ戻るのも難しくない。

……徹底的に避けられているな、俺。

その日の夜、俺はベッドに入ると、空間収納から取り出した針で耳にピアスの穴を開けた。左右2つずつ、合計4つ。領地の工房で作ったピアスをつけるためだ。魔石を加工して、魔法を付与している。

1つは毒消しと浄化と軽微な癒やし効果がある、透明魔石のピアス。ダイヤモンドのようにブリリアントカットにして、シンプルな土台だけのものを一対。

もう1つは、魔力を補充しておけば、その量に応じて無属性の障壁魔法が発生するもの。これはネオンピンクのような色をした、ピンクスピネルっぽいものを一対。

このピアスの障壁魔法は、ぴったりと身体に沿うように障壁を張るもので、一度発動させれば、俺の意識がない間もそのまま維持される。ただし、服や髪は障壁の対象に含まれないので、寝ている間に燃やされたら俺は全裸の丸ハゲになるけど。

そう、身近にいるハインツがやはり信用できないと確定した今、この魔道具は必須だった。

できれば、こんな理由でピアスを開けたくはなかった。けど、仕方ない。

そう思うのに、俺の胃は寝入るまでちくちくと痛んだ。

入寮までの数日は、屋敷で大人しく過ごした。ピアスを開けた俺にハインツや侍女たちはびっくりしたようだが、すぐに似合っていると言ってくれた。この世界じゃピアスを開けること自体に忌避はないし、貴族女性の主流はイヤリングだが、男性は落としにくいピアスで耳を装飾していることが多いからだ。

　ハインツとはそれとなく距離を取っていたけど、側近だし完全に離れるわけにもいかないしで、警戒をあからさまにはしていない。けれどハインツ本人には気付かれたようで、入寮のために屋敷を出る時、控えめな様子でレターセットを渡してきた。学院では、寮の事務室に手紙を託すと、王都の貴族の屋敷へと届けてくれるらしい。

「何かあればすぐに手紙をください」

　と困ったような顔で言っていたハインツに、少しだけ苦い気持ちになった。

　だが、いつまでも落ち込んではいられない。

　気持ちを切り替えよう。今から行く寮にハインツはいない。侍女たちもいない。おまけに周りの人間にはすでにいる友達も、俺はいない。ぼっち生活の始まりだ。

　屋敷から馬車で王都の西地区に向かう。

　王都は中心に王城があり、その周りに貴族街、そして東西南北にそれぞれ居住区や商業区などが区画分けされ、西は学校区画だ。貴族の子息子女が通うネリスティア王立学院の他、平民で魔法の適性を持つ子供が通うマグノリア魔導学院、商家の子供や文官を志望する子供が通うユマ学院があり、各学院の周辺は学生街として発展している。ネリスティアに入学した貴族の子息子女はこれから、その学生街で自分の身の回りのものを購入しなければならない。まあ、実家に手紙を書いて必要なものを送ってもらうこともできるので、ほとんどの高位貴族の子供たちはそうしているようだが。

西地区の学生街に入ると、馬車の窓から見える通行人は、半分くらいが学生に変わる。俺も仕立てたネリスティア王立学院の制服を着た生徒もいて、少ないが徒歩で街を移動しているようだ。知らない制服はマグノリア学院かユマ学院のどちらかだろう。女の子同士で楽しそうに歩いていたりしていて羨ましい。俺も友達が欲しい。

大きな門を通り、学院の中へと入る。

ネリスティア王立学院は敷地が広く、主要な学科の他にも、いくつかの研究室がある。授業で教授陣に声をかけられた生徒たちが所属していて、卒業までの研究成果によっては、王城での就職に役立つのだとか。

馬車の停留所まで送ってもらい、1年生の男子寮へと向かう。広い敷地には庭や建物がいくつもあり、手入れされた草木が植えられていた。

男子寮はレンガ造りの3階建てで、1階の玄関口のすぐ側に寮事務室があった。

「こんにちは。本日から入寮するメイリーネ・ラスティルです」

「はい、こんにちは。私は1年生の男子棟で、寮事務を担当しているルルです。メイリーネ様は3階の一番奥の角部屋になります。鍵をどうぞ」

「ありがとうございます」

「1階には食堂と事務室と大浴場があり、2階と3階が皆さんの部屋になっています。食事は朝と夕方は寮の食堂でとっていただきます。昼食については、学内の食堂兼サロンのほうでお願いします」

「はい、分かりました」

「分からないことがあれば、また聞きに来てください」

簡単な説明を聞いて事務員と別れ、割り当てられた寮の部屋へ入ると、中には屋敷から送られた荷物がすでに積み上げられていた。

部屋は日本の学生寮のようではなく、1人部屋なのに12畳くらいある。おまけに寝室が別になっていて、クローゼット、机、椅子、本棚、壁掛け時計が置かれ、ベッドは天蓋付きのクイーンサイズだ。あと、トイレとバスルームがついている。

さすが、貴族のお坊ちゃんが住む寮なだけはある。

俺は部屋の鍵を閉め、届いた荷物から制服と普段着を一着ずつクローゼットに仕舞い、残りは空間収納に入れた。1人の部屋でごろりとベッドに横になると、なんとも言えない解放感に包まれる。

なんだか眠くなってきたな。

天井を見ながらぼんやりとしているうちに眠ってしまった。


目が覚めたらすでに朝方になっていた。

ここ数日、眠りが浅かったせいかもしれないが、それにしても寝すぎた。今日は入学式があるが、まだ食堂も開いてない時間帯だ。領都の屋敷にいる頃なら、ランニングでも、と思っただろう。王都に来てからは走っていない。身体を鍛える場所が欲しいが、学院内で目立つ行為は避けたい。休日は自由行動だし、王都の外に出てみるのもアリか。授業のスケジュール次第だけど。

そんなことを考えながら、収納からトマトコンソメの野菜スープとパンを取り出して机で食べる。うん、出来立てで温かいし、トマトの酸味がコンソメの旨みとマッチして絶妙だ。アクセントに入れてあるベーコンの甘みもいい。

「ごちそうさまでした」

食べ終わったあと、手を合わせてごちそうさまをする。この世界で生まれてから初めてじゃないか？　この国では、食事の前に「いただきます」をする文化はない。信心深い人たちは食事前に祈ったりしているが。今日は誰も見ていないからね、ジャパニーズ無神論仏教方式だ。

食器を水魔法で軽く洗浄し、浄化をかけてから収納する。

時間もあることだしゆっくり風呂に入ろう。下着と制服を用意してバスルームへと向かう。

下着はボクサータイプのリネンだ。これは俺が開発するまでもなく、すでにこの世界の文化としてあった。まあゴムがないので、紐で結ぶようなタイプだが。

服を脱ぎ、浄化をかけて収納してから、水魔法で湯船にお湯を張る。部屋に備え付けられている浴槽(よくそう)は、基本的には湯に浸かるためのものではない。そのため排水はできるが、お湯や水を出す蛇口(じゃぐち)なんてものはなく、水は井戸で汲んでこないといけないのだ。だから1階に大浴場があり、寮に住む生徒が週に1回か2回は利用できるようになっている。まあ、俺は使わないけどな。水魔法で部屋風呂をする予定だ。そもそも毎日入りたいのだから。

身体と髪を洗い、湯に浸かりながら、ふう、とゆっくり息を吐く。風呂はこの温まる瞬間がたまらないのだ。じんわりと血行がよくなり、身体が熱くなっていく。元日本人にとっては最高級の娯楽だ。

ゆっくりと1時間くらいかけて風呂に入ったあとは、風魔法で髪を乾かしてから、制服に袖を通していく。学院の制服はブルーに白のラインが入ったテーラードカラーの、膝くらいまである長いジャケットと、同じ色の白ラインスラックス。ウエストまでの短いベストは白で、綿素材の白シャツはボタンダウンのシンプルなものだ。ネクタイはエンジ色。その他に学院指定のケープタイプの長いマントがあるが、これは入学式と卒業式以外、普段は着ないらしい。今日は必要になる。

制服を着たら、髪を香油で梳かし、ゆるい三つ編みにしてサイドに流す。髪の結び方は一通り侍女たちに仕込まれた。寮生活で髪の手入れやセットを疎かにしてはいけないという厳重注意と共に。

その後、部屋を出る時間までは魔導書を読みながら魔力操作の訓練をして過ごし、入学式の広間へと向かう。部屋から出てきた生徒たちの半分くらいから視線を感じるが、残りの半分は仲の良い友人たちとおしゃべりをしたり、俺のことを気にしていないふうだ。

うん、入学手続きの広間で心が折れそうだったけど、これくらいなら耐えられるかもしれない。目立たずに生活していれば、そのうち誰も注目しなくなるだろう。

男子棟を出ると、向かいにある女子棟から女生徒もちらほらと出てきていた。女生徒の制服は青のワンピースタイプで、リボンは男子のネクタイと同じエンジ色、脛までのスカートよりも長いマントを、男子と同じくつけている。

「ごきげんよう」

「ごきげんよう」

ああ、女の子たちの鈴が鳴るような可愛い声がする。ごきげんようなんて挨拶、日本じゃお嬢様学校くらいでしか聞かないんじゃないか？

とにかく貴族のご令嬢方の挨拶は品がいい。まあご令息方も品がいいんだが、何せ俺を見る目がこわい。


入学式は、割とあっさり終わった。

校長先生だというおじいちゃんの、要約すると「これから頑張ってね」という激励と、各授業のスケジュールを個人ロッカーへ入れておくので、確認に行くようにという連絡事項だけだった。

「ごきげんよう、メイリーネ・ラスティル様。少しお話をしたいのですけれど、よろしいかしら？」

総合棟にあるロッカーへ向かっていると、とうとう本日初めての声をかけられる。振り向くと、気の強そうな美少女と、その後ろに背の高い男子生徒が立っていた。

「わたくしは聖オルドネイト自治区から参りました、アマリリス・ハーフェナーと申します。隣にいるのは、同じくオルドネイトから参りましたクラウス・ワーグナーですわ」

「クラウス・ワーグナーだ」

渡り廊下で話しかけてきた２人、アマリリスは濃い赤色の長髪に黒い目、クラウスは淡いエメラルドグリーンの短髪に緑の瞳をしていた。

どうやら聖オルドネイト自治区からの留学生らしい。オルドネイトと聞いて、10歳の頃の記憶がすぐに思い出される。

そう、聖オルドネイト自治区というのは、ネリス王国の北、草原地帯と帝国に挟まれた小さな都市で、オルドネイト神聖教会の総本山であり、宗教自治区だ。あの豚司祭が所属している、面倒ごとの大本（おおもと）というわけだ。

ハーフェナー家やワーグナー家については、バリ・トゥードおじいちゃんの授業で習ったことがある。オルドネイト自治区でも、過去に教皇（きょうこう）を輩出した名門の家系だったはず。あまり興味がない話題だったが、覚えている。

明らかに面倒ごとの気配を察しながらも、俺は2人に対面して貴族の礼をした。一応、ハーフェナー家やワーグナー家は、この国で言うところの貴族にあたる。失礼な態度はよくないだろう。

「メイリーネ・ラスティルです。お話とは、どのようなことでしょうか」

「貴方が女神に愛され、光魔法を持っておられると聞いたので、女神の教えを理解していただこうと思った次第ですわ。貴方は光魔法がなぜこの世界に在（あ）り、人々を癒やしているかご存知かしら？」

……。うーん、これは……。

間違いない、宗教勧誘だ。

インターフォンの先でこの話をされたら、ドアも開けずにお引き取り願うタイプのアレだ。

ハマったら最後、最終的には数珠とか壺とか買わされて、お参りと勧誘をさせられるアレだ。

まあ前世の家に来たことはないけど。

これは話を聞いてはいけない。聞いてくれる奴だと思われたが最後、延々と話を聞くはめになる。俺はロッカーに授業日程を確認しに行きたいのだ。

「まず女神の教えというのは……」

「失礼、アマリリス嬢、今日は立て込んでいますので、また後日……」

俺がそう言いながら一歩下がると、アマリリスは一歩前に踏み出してきた。めっちゃぐいぐい来るじゃん。

「いいえ、メイリーネ様。長くはかかりませんわ。そもそもこの世界に女神が降り立ち、光が満ちたことから大陸は生命を得たのです。そして光魔法は……」

そう言って神話を話し始めるアマリリス。苦笑いの俺。地球でなら、迷わず無視して逃げてる状態だ。

だがここで逃げるのはあまりうまくない。貴族の子供だけがこの学院に在学している以上、子供の後ろには必ず、親や家の意図がある。アマリリスの場合は、教会の意図があるのだ。礼を失する対応と言われたら、ラスティル家が足を掬われる事態になりかねない。

しかし、アマリリスの後ろに立っているクラウスという少年、身体が大きいな。もう大人顔負けの体格をしている。緑の瞳に表情はなく、アマリリスのありがたい女神の話を聞いているのかいないのか、俺をじっと見ている。

俺が逃げないように目を光らせているんだろうか？　もちろん俺は、逃げられるなら逃げたいぞ。

アマリリスが延々と話を続ける中、俺は困った顔で、はぁ、と適当な相槌（あいづち）を打ち続ける。どうでもいいけど、この世界の宗教勧誘は、「貴方は神を信じますか？」から始まったりはしない。なぜなら神が存在することが前提だから。

……そろそろ飽きてきたな。要約すると、光魔法は俺の力じゃなくて世界の力だから、神殿に入って正しく使え、というようなことを言ってるのは分かった。知らんけど。

宗教の組織は、人間の組織だ。舵（かじ）取りするのは人間なのに、神の正しさによるという言い分に追従するには、俺は宗教の歴史を学びすぎている。

地球上の歴史では、宗教は政治に介入し、権威と富を欲しいままにし、最終的には人々を戦争へと向かわせるのだ。聖人だって人間だ、権力を持っちゃったら、そういうこともしたくなる。己の権威を守るためなのか、教会の権威を守るためなのか、分からなくなることもあるだろう。だって人間だもの。

そもそも俺が10歳の時にやってきたダビッドとかいうあの司祭、とんでもない豚だったしな。この世界は、地球ほど食料事情がよくない。農業革命はまだだし、農地あたりの生産性も低い。そんな世界だから、太っている人間というのは本当に少ないのだ。

一部の王侯貴族か、それに準ずる富を得ている豪商くらいだ。遺伝的な要素ももちろんあるが、それだけであの豚司祭が出来上がるとは思えない。つまり、神殿の人間は結構贅沢をしているのだ。

営利組織ならそれはそれで別に構わない。ただ、無条件に身を寄越せと俺に言わないでほしいだけだ。

まあここまで考えたけど、だからといって、この世界の宗教の在り方を否定する気はない。地球よりもずっと、心の拠り所ってやつが人間に必要な世界なんだろうしな。

だがそんな実態を、このキラキラした目で女神の素晴らしさを本気で語っているアマリリス嬢が理解できるとは思えない。

うーん、どうしたものか。

「……アマリリス、もういいだろう」

俺が困っていると、クラウスが静かにアマリリスに声をかけた。声変わりが終わっているのか、低く落ち着いた声音だ。

「クラウス、まだ話は終わっていませんわ！　メイリーネ様に女神の素晴らしさを理解していただき、聖都オルドネイトに来ていただくには……」

「無駄だ。この男は女神の話など理解しない」

「な……なんてことを言うの⁉　女神の理解者になれないなど……」

女神の理解者になれない、という言い方には、不信心で、ほぼどの国でも非国民扱いされる、というような意味がある。それくらい教会の権威が大陸全土に行き渡っているのだ。

「この者が聖都オルドネイトに来ても、邪魔になるだけだと言っている。行くぞ」

「ちょっと、クラウス！」

アマリリスの腕を引いて、半ば引きずりながら渡り廊下を去っていく。うーん、仲が良い……のか？

話を終わらせてくれて、助かったといえば助かったな。非国民扱いされたけど。

なんだか嵐のように現れて、嵐のように去っていった2人だな。俺はちょっと疲れた顔のまま、1年生のロッカールームへと急いだ。

ロッカールームで授業日程を確認したら、教養の授業が週に2日、午前のみ。高等学術科の授業が週に1日、午後のみ、という、暇な大学生もびっくりのゆとりスケジュールだった。さすが貴族の子供が通う学院だ。

多くのご令嬢は教養の授業しか取らず、他の時間はお茶会をしたりだとか、派閥の交流を深めたりだとか、あと、大半は結婚相手を探すために学院に来ているようだ。

ご令息の方々もだいたい似たようなものだが、三男や四男になってくると、手に職をつけようと騎士科や魔導学科、高等学術科を取るようだ。

それにしても暇じゃないか？

この世界の暦は地球と同じで、陽の日、月の日、火の日、と呼び方は違うが、週は7日、陽の日や土の日が休みだ。

ということはつまり、教養以外取っていないと週休5日、しかも午後はずっと暇なわけだ。

まあ、学院には図書館があり、自由に読書ができるので、俺は暇じゃないが。速読と瞬間記憶の技能があっても読みきれないほどの蔵書らしい。卒業生や教授陣が書いた論文や研究書なんかも所蔵されていると聞くし、楽しみだ。

さて、入学式の今日は授業もない。早速図書館へ行こう。

そう思ってロッカールームを出ようとした時、またしても後ろから声がかかる。

「メイリーネ・ラスティル様。少しお話をさせていただけませんか」

疲れた顔を取り繕って振り向く。

もうやだ、俺は本を読みたい。女の子の友達は欲しいけど、こういうギラギラした感じで来られるのは求めてないんだ。

俺は心の中で泣きながら、図書館へ行くのを諦めた。


結局、入学式の日は図書館には行けなかった。

道を歩けばご令嬢やらご令息やらに話しかけられ、図書館に辿(たど)り着く前に俺の心は折れてしまって、寮の自室に逃げ込んだ。

途中でもう誰とも話したくなくなってしまい、早足で寮に戻る時は、明らかに不機嫌な話しかけるなオーラを出していた。俺は威圧の技能を習得した。

授業が始まるのは2日後ということで、翌日は図書館に籠もった。図書館の開館時間に合わせて、人目を避けながらこっそり向かうと、図書館に着く頃には隠密の技能を習得した。

図書館はかなりの蔵書数だった。壁は高い天井まですべて本で埋め尽くされ、中央には読書スペースがあり、キャレルデスクが設置されている。そんなホールのいくつかが廊下で繋がっている場所だ。

そして、図書館内では私語の禁止が徹底されている。司書が何人もいて目を光らせているので、俺が１人で読書をしていると誰も話しかけてこない。天国。間違いなくここは天国だ。

寮の部屋に続いて、２つ目の安全地帯を手に入れた。

俺はひとまず、『旅する詩人ジャクリーンの雲を愛する詩集』という本を手に取った。実家の書庫にあったのと同じシリーズのもので、ジャクリーンという詩人の男が、とにかく変で面白い詩集だ。なぜか木と目が合って、そこに生（な）っていたリンゴと恋に落ち、毎日リンゴに愛を囁き続けた挙げ句、最後は知らない人にリンゴを収穫されて失恋したりする。

世のご令嬢方はこれを読んでうっとりするという話だが、俺としては最高に意味が分からなくて楽しい。

その他、魔導書や研究論文なんかを無造作に読み漁（あさ）る。速読と瞬間記憶はかなり便利だ。その気になれば１日で１００冊でも２００冊でも読める。

研究論文で面白かったのは、螺旋（らせん）と美についてと、音楽と感性についての論文だ。螺旋と美についての話は、もうちょっと掘り下げればフィボナッチ数列まで届くんじゃないかというところまで来ていて、非常に興味深い。この世界、算術しかないと思っていたけど、数学の研究者もいるかもしれない。いつか話してみたい。

あと音楽と感性についての論文は、進行コードについて書かれていた。意外と音楽も発展している。

朝食と夕食は1年生の男子寮で食べるが、昼食は食堂兼サロンのような場所があるので、そこでとることになる。そこには上級生もいて、サロンという名の通りの大広間で、食事をする場所がある他、いくつかのスペースに分かれている。だいたい仲の良い友人同士や、同じ派閥の生徒たちが集まって食事をしている。

もちろん俺はぼっちなので、大広間の端で食事をしている。

ラスティル家は中立派だが、中立派というのは武闘派や穏健派の貴族と遠いというだけで、中立派同士の仲がそんなに深いわけではないのだ。

俺は食事をさっと済ませて、逃げるように食堂を出る。周りの視線が痛い。

視線だけならまだなんとか耐えられるが、話しかけられるのは面倒だ。

何せ、

『アレ、1年生に入ってきたメイリーネ・ラスティルですよ』

『腰細いな』

『女みてぇ』

『なあ、アレならいけるんじゃないか？』

『ちょっと威圧すればすぐやらせてくれそう』

『色白』

『美しい髪だな』

『あれで光魔法持ちか』

『ぜひお近付きになりたい』

『既成事実さえ作ってしまえば』

……全部聞こえてるんだよなぁ、身体強化で聴覚だけ強化できるから。一気に音の情報が入ってくるので初めは慣れなかったが、繰り返しているうちに並列思考という技能を習得し、今ではこの食堂内くらいなら音をすべて判別して拾うことができるのだ。

おお、こわいこわい。

こういうことを言ってるのは、だいたい騎士科っぽい奴らだ。精力があり余ってるんだろうな。娼館でも行け。

俺は授業までの数日間をほとんど図書館で過ごした。


本日は金の日、教養の授業がある。

教養の授業は、だいたいトルデリーデ先生とバリ・トゥード先生に教わった内容の復習だ。国の歴史、マナー、社交ダンス、音楽、算術。あとは、騎士科を取っていなくても、男女共に剣の授業が少しだけある。

学力調査で優秀だった者から順番に席を用意されるのだが、俺は上から6番目だった。うん、順当に埋没している。1位はなんとクラウス・ワーグナーで、2位の席にアマリリス・ハーフエナーが座っていた。2人ともたいそう優秀なようだ。

だが初日の教養の授業で一番驚いたのは、校長が教師をしていることだった。

そう、入学式で当たり障りのない挨拶をしていたあのおじいちゃんだ。

「実は教養の教師は誰もやりたがらんのでな、仕方なく持ち回りになったのじゃ。初日は儂がすることになった」

めちゃくちゃ正直に言うじゃん。大丈夫なのかこの学院。

席に着いて話を聞いている生徒たちも、なんともいえない微妙な空気だ。

「まあ、今日は今後の予定を説明するだけじゃからの。皆、書き物は用意しておるか？　書き留めるようにの。……では、来週の月の日の授業から」

おっとりした声でスケジュールを読み上げるのを、羊皮紙に書き留めていく。そうそう、羽ペンをインクに浸して字を書くのが面倒だったんで、万年筆を作ってみた。

金属の加工は、小さなものなら錬金術の形成でできるので、真鍮で作った。魔道具化して、インクカートリッジにはインクが自動補充されるようにしてある。インクの瓶は空間収納にあるので、壊れるか俺が死ぬまで使える便利グッズだ。

この万年筆で異世界無双できるんじゃないか？　と考えたが、ちょっと難しい。なぜなら、鍛冶の技術がそこまで発達していない。錬金術で金属の成形をするのは結構魔力を食うので、あまり使われないのだとウィルモット先生も言っていたし。

まあ異世界無双、あんまりする気はないんだが。俺は文明の発展にはどちらかといえば慎重だ。何がどう繋がって殺人兵器になるか分からんからな。ダイナマイトだって初めは鉱山の掘削作業のために開発されたのに、ニトログリセリンが軍事技術に転用されて、ノーベルさんは最後には死の商人と呼ばれていた。

誰かが勝手に開発する分には止めはしないが、俺がそれをする気はないのだ。根が小市民だからな。

校長先生の眠くなる予定の説明だけで、その日の授業は終わった。

昼食はサロンでささっと食べて、午後はまた図書館に籠もった。なんだかここ数日で図書館の出入り口に出待ちみたいな奴が増えた気がするが、気のせいだろう。俺は隙を見て隠密で寮へと帰った。

そういえばアマリリスとクラウスは、初日のインパクトのある宗教勧誘以来絡んでこない。アマリリスのほうからはなんか暑苦しい視線を時々感じることがあるが、クラウスは全くそんなことはない。まあ、俺が逃げ回っているせいもある。

　寮の1階に談話室があるのだが、そこにも寄り付いてないから、同じ1年生の中でも完全に浮いてる。そのうちいじめの対象になったりしないだろうか、と不安になるが、みんなそれなりの貴族のお坊ちゃんだ。侯爵家の息子をいじめるような奴はいないと信じたい。

　同じ学年で俺の家より家格が高いのは、リディアヌ公爵家のご令嬢くらいだが、どうやら父とハインツの事前調査によると妾腹の出の四女ということで、そこまで大きな影響力を持っているわけではないらしい。今のところ接触もしてきていないし。

　そもそも公爵家っていうのは、王族の傍系が臣下に降って開いた家がほとんどで、王家の血筋ということで家格は高いが、実際の力関係で言えば侯爵家のほうが強いことが多い。財力や武力、政治的影響力、領地の経済的な力関係なんかは、一概に家格だけでは語れないのだ。

　貴族、つくづく面倒な存在だな。

7章　嬉しい出会い

「という感じで初週を無事終えました」

「アラアラ、ネリスティアも相変わらずねぇ〜。アタシが教えていた時と全然変わってないわぁ」

「ウィルモット先生は、学院の教師だったのですか？」

「もう40年以上も前の話よ、あの頃はまだ若くってねぇ……」

「今でもお若いですよ」

「まっ、メイリーネちゃんったら、お上手なんだからっ」

週末の土の日、結局ぼっちで初週を終えた俺は、寮に籠もるのにも耐えられなくなり、学院を飛び出した。学生街を抜けて貴族街へと入り、向かったのは、王都の屋敷ではなくエルフ領事館。

そう、ウィルモット先生に会いに来たのだ。特に用事があるわけではなく、ただお茶に誘いに。だってぼっちなんだもん。遊びに来てもいいって言われたもん。ウィルモット先生は貴族じゃないから、これは社交辞令とかではないはずだもん。

エルフ領事館まで徒歩で来たわけだが、領事館の中にはおいそれと入れないので、ウィルモット先生に出てきてもらい、街にある喫茶店でお茶をしているというわけだ。

先生の行きつけで、雰囲気のある落ち着いたいいお店だ。貴族街にほど近い商業地区にあり、出てくるのは紅茶だけだ。この世界、砂糖は高級品で、菓子はほとんど貴族しか食べられない。庶民の甘いものといえば果物で、喫茶店のメニューは紅茶と、ランチタイムの軽食としてパンとスープ、果物のセットだけだ。

紅茶ですら結構な高級品なので、この店はお金持ちの平民か、もしくはちょっとしたお忍びで来る貴族がメインの客層なんだろう。

「魔導学科を取らなかった分は、図書館の本を読めるので気にしていないのですが、騎士科も取らなかったから、訓練や運動が疎かになりそうなのが悩みです」

「そうねぇ、メイリーネちゃんなら学院の魔導学科を取る意味はあまりないものねぇ。あそこじゃ光魔法を教えられる教師はいないし、他の授業も退屈なだけでしょうね」

小指を立てて、カップから紅茶を一口飲んだウィルモット先生がそう言う。相変わらず仕草がおねえさんで、可愛くて癒やされる。実家のような安心感だ。角刈りエルフなのはもう全く気にならない。この優雅さを学院のご令嬢たちも見習ってほしいものだ。

「あ、じゃあ、冒険者登録でもしてみる？」

「冒険者ですか？」

それは……ちょっと興味がある。だってネット小説の定番、冒険者だ。どんなものか気になるのが男の子ってもんだ。しかしなあ。

「さすがに不都合が多そうです」

「まあ、侯爵家の嫡男ともなればそうよねえ」

侯爵家の息子が冒険者をしているというのは、決定的に外聞（がいぶん）が悪い。

ウィルモット先生や他の家庭教師たちは、我が家で知り得たことや俺の情報などを外部に漏らさない、という魔法契約を父と交わしている。それもあって俺はこうして、安心して愚痴（ぐち）を溢（こぼ）しに来ているわけだが。

「ちょうどアタシの知り合いの冒険者が、依頼を終えて王都に帰ってきているから、口を利いてあげられるんだけど」

「偽名（ぎめい）で登録できるなら、なんとかなるかもしれません」

「うーんと、登録名はもちろん偽名にできるけど……」

「髪の色を変える魔道具を作りました。それで身分を偽って活動できるでしょうか？」

「相変わらず規格外ねえ……」

魔法を付与して、嵌める宝石の色によって体毛の色を変えられる魔道具を作ったのだ。俺はまだワキ毛もスネ毛も生えていないので、変わるのはその他の体毛だが、髪だけ染まって眉毛や睫毛が別の色、なんてことはない、完璧な変身用具だ。

「それなら、明日あたりどう？　知り合いを紹介して、一緒に冒険者登録しちゃいましょうか」

「はい、よろしくお願いします」

「あ、変装といえば、装備や武器なんかはある？　冒険者は結構派手な服を着るけど、目立ちたくないなら平民っぽい質素な服を用意したほうがいいわよ」

「大丈夫です」

服は、いつか家を抜け出そうと用意していたものがある。防御鎧と同じ効果をつけたアンダーシャツも用意しているし、目立たない灰青色のコートもある。武器は領でユースティスがくれたものだが、使うのは短剣くらいだろうから問題ない。

「そういえば、そのお知り合いの冒険者もエルフなのですか？」

「ええ、まだ若いエルフなんだけど、森から出て冒険者をやっているわ。普段は色んな街を転々としているから、明日紹介できるのは運がいいわねえ」

「どんな方なのか楽しみです」

「ふふふ、職業柄ちょっと荒っぽい性格をしているけど、根は優しい子なのよ。メイリーネちゃんなら、きっと可愛がってくれるわ。何せ美しいものに目がないから」

そりゃ、ウィルモット先生に比べたら、だいたいの奴が荒っぽい性格だろう。美しいものが好きというのは、高位冒険者によく聞く話だ。そういう奴はだいたいたい遺跡の探索をしたり、遺跡系の異空間ダンジョンに潜ったりして、古代の美術品を集めているという。冒険者上がりのユースティスから聞いた。

「そういえば、領と王都では植生が違うので、ポーションの素材として使う薬草も違うのですよね？　冒険者になれば摘みに行けるでしょうか」

ポーションを作る薬草は、土地の気候によって代替素材があり、王都は領よりも寒いので、いくつか手に入らない薬草があるのだ。そもそも領はここより暖かい上に、温室で育てた薬草なんかも使っていた。このあたりではまず手に入らないだろう。

「問題ないわ。このあたりのポーションの素材は栽培が難しいものばかりで、必ず森に摘みに行かなきゃいけないけど、その分、量も質もいいの」

それは、神殿以外でポーションの素材を引き取ってくれる場所がないからでは？

いくつかは調薬で使うものもあるだろうが、大半はポーション用の素材になるのだろう。神殿で売っているポーションは、庶民が手にできないほど高価だし希少だが、命がかかれば需要はいくらでもある。

「あと、ポーションの保存瓶なのですが、ガラスのものを作ってみたのでウィルモット先生に見てほしかったのです」

「あら、わざわざガラスで作ったの？　勿体ないわねぇ」

保存瓶といえば酸に強いガラス瓶だが、ただのガラス瓶だとポーションの効果が出ないのだ。酸化して癒やし効果を失うのではなく、成分として混ざっている光魔法が空気中に抜けてしまう。ガラスも通り抜けるため、どんな瓶でも、作ってからひと月くらいでポーションはただの薬草入りの水になる。なので今は、安価な青銅などで入れ物が作られている。

俺は父にもらったポーチから出すふりをして、空間収納から空の小瓶を1つ取り出した。透明なガラスに淡い水色で色付けして、エジプトの香水瓶のようなデザインにしてみた。蓋の部分には、透明な鳩（はと）のガラス細工を施している。細かなガラス成形作業が楽しくなって、ついつい作り込んでしまった完全な趣味の産物だが、魔導回路を引いている。

「これです」

「まぁ！　素敵な細工ねぇ。……ってコレ、魔道具になってるのかしら？」

「はい。魔導回路を引いて、光魔法が漏れないガラス瓶を作ってみたのです。秘匿回路を採用していますが、この瓶でだいたい半年から1年くらいは、ポーションの効果は失われないはずです」

「……優秀だと思ってたけど、ここまでとはねぇ……。この瓶の製法と魔導回路を神殿に売ったら、とんでもない利益が出ると思うけど……」

「売るつもりはありません。今のところ金銭には困っていませんので」

「ま、そうよね」

俺が引いた魔導回路は、解析して模倣されないように、ダミーを多数走らせ、秘匿回路にしている。俺は性格が悪いので、そのまま同じものを作ろうとすると、素材がすべて破損して使えなくなるようにしてる。盗作はよくない。

この世界には商業ギルドがあり、そこで特許の登録はできるのだが、この特許登録、国内のみに効力を発揮するもので、国際特許は存在しない。つまり、他国に漏れたら模倣し放題なのだ。そんな迂闊な特許に登録なんてできるわけがない。特に魔導回路は、作成者の癖がかなり出るものだ。自分の性格を解析して模倣されるようなもので、気分のいいものではない。

「成果を見ていただきたいので、今度ポーションを入れたものを預かってもらえませんか？」

「いいわよ。もし効果がありそうなら、アタシにも1つか2つ、売ってもらえないかしら」

「出所を隠していただけるのでしたら、構いませんよ」

そんなこんなで、土の日はウィルモット先生から癒やしをもらって元気になった。そして疲労回復速度上昇の技能を習得した。

翌日の陽の日、地球でいうところのサンデー、日曜日だ。

俺は寮の部屋で、体毛の色を変える魔道具を装備した。ブレスレットタイプのもので、わざわざ時空魔法をつけてサイズの自動調節機能も実装したものだ。だってファンタジーといえば、誰にでもサイズの合う謎アイテムだろう？

嵌める石の色で自在に色味を変えられるが、俺は黒曜石（こくようせき）のような真っ黒の石にした。この世界、アニメカラーの髪色の人間もいるが、多くの平民は金髪、茶髪、黒髪だ。俺のような白銀の髪は珍しいし目立つ。黒髪なら結構平民にも貴族にも多いし、目立つことはないだろう。

黒髪をポニーテールにして紐で縛り、用意していた服に着替える。

アメリカンスリーブでハイネックのアンダーシャツに、襟口が広い白の、ヘンリーネックのボタン部分を紐に代えたようなシャツを着る。この世界ではヘンリーレガッタなんてないだろうから呼び方は知らないが、街を歩いてる庶民が多く着ているのでメジャーな服装のはずだ。

黒に染めた厚手のデニム生地スキニーに、黒のブーツを履く。その上から灰青色のコートを着れば、完成。

鮮（あざ）やかな赤や青の染色はかなり高価で、普通は貴族くらいしか着ない。あとは目立ちたい冒険者か。庶民の服は灰色やベージュなどの淡いものや、黒、白が主流なのだ。

準備ができたので、待ち合わせのために転移。学生街の裏路地だ。この時間に人がいないのは魔力感知と気配察知で確認済み。そこから徒歩で学生街を抜けて、昨日ウィルモット先生とお茶をした喫茶店へと向かう。

ドアを開けると、ソファ席に見知った角刈りと金色の長髪が1人。

「着いたようね。おはよう、メイリーネちゃん……アラ？」

外に比べて薄暗い店内にいても分かる。耳の先が尖っている。間違いなくエルフだ。

俺はよろよろとソファに座る2人の前まで行くが、そこで言葉を失った。

「どうしたの？　メイリーネちゃん」

「……」

ウィルモット先生の隣に座っているのは、長い金髪をハーフアップにしている美丈夫だ。白い肌、繊細な顎、すらりと伸びた背筋。そして切れ長の美しい青の瞳。間違いない。

エルフだ！！！

J・R・R・トールキン産のエルフだ！！！

組んでいる腕から覗く指先のなんと長くて白いことか。しなやかに伸びている薄い金の眉、長い睫毛。そしてなんといっても、鋭い眼光を隠すようにかけられた、眼鏡。

俺の中で一度消えたレゴラスが帰ってきた！！！

いや、レゴラスよりもちょっとかっこいい系だし、どちらかといえば体型もスラッとはしているが肩幅も筋肉もありそうだけど！　それでも！　間違いなく俺の思い描いたエルフだ!!

「ううッ」

「えっ!?　ど、どうしちゃったの……!?」

「……いいえ、なんでもないんです……ありがとうございます……ありがとうございます……」

「えぇ……？」

眼の前で泣き崩れた俺に、困った顔をするウィルモット先生と隣の眼鏡エルフ。ああ、眼鏡。よい。俺は眼鏡に若干のフェチがある。そのせいで、美しいエルフがさらに美しく見えてしまう。

「……ウィルモット、この子供が紹介したいと言っていた子か？」

声までなんかかっこよく聞こえてくるから不思議だ。

「そうなんだけど……メイリーネちゃん？　そろそろおねえさんたちのところに戻ってこない？」

はっ、そうだ、挨拶もまだだった。

俺は慌てて立ち上がり、２人に謝った。

「失礼しました。メイリーネといいます、よろしくお願いします」

「あ、ああ……エイベルだ。よろしく」

向かいの席へと座り、紅茶を注文する。変人を見るような視線が痛いぜ。

用意された紅茶を一口飲んでからひと息つく間、やたらとエイベルに観察されていた。

「……それで、冒険者登録をしたいとのことだが……」

「はい。リーネという名前で登録したいと思います」

「詳細は言えないけれど、強さは保証するわ」

「……お前が言うなら疑いはしないが……」

怪訝(けげん)そうな様子で俺を見るエイベル。冷たい視線だが、どこか俺を心配しているような雰囲気もあるので、悪いエルフではなさそうだ。

そんなエイベル、鑑定してみると弓術3、槍術1、短剣術1の技能を持っている。ちなみにウィルモット先生もだが、魔法適性が妖精魔法と出るだけで、どんな魔法が使えるのかは分からない。あと、いいなと思ったのは解体の技能だ。俺も魔物とか解体してみたい。

「危険な依頼を受ける気はありません。日帰りで薬草摘みをしたいと思っています」

「なるほど、そういうことなら」

「今からすぐに登録に行く？　アタシもついていくわよ」

「ぜひお願いします」

俺がそうお願いすると、エイベルは少しだけ考えたあと、言いにくそうに言葉を続ける。

「あー、冒険者になるのは構わないが、その丁寧な話し方は止めたほうがいい。すごく目立つし、おそらくお忍びなんだろう？　バレないようにしたいなら、もっと平民っぽく振る舞うことだ」

「分かった。これでいい？　目上の人は馴れ馴れしく話されるのが嫌なんだと思ってたけど」

なんといってもエルフだ。おおよそどんな人間相手でも目上の人になるだろう。

俺が言葉遣いを変えたら、２人は驚いたように目を見開く。なんてことないぜ、本来こっちが素なんだ。

「いや、それでいい。冒険者に年功序列はない」

３人で店を出て、冒険者ギルドへと向かう。道すがら、ギルドの規定や依頼についてエイベルが教えてくれた。

なんでも冒険者には1等級から7等級まで等級があり、新人は7等級からのスタートらしい。

この7等級というのはほとんど見習いの扱いで、有事の際は冒険者ギルドの指揮下に入り協力しなければならない、というギルドの規定の対象外になる。有事というのは、スタンピードや特定の魔物の大量発生などだ。なので、副業で冒険者をやっていて、本業を優先したいならば、7等級のままでいるのがお勧めだそう。街で普通に仕事をしている人なんかが、兼業冒険者をしている時はだいたい7等級だとか。

いくつかの依頼を成功させ、昇級試験に合格すれば6等級になれるが、試験さえ受けなければ上がらない。その代わり、難易度の高い仕事や、割のいい指名依頼なんかは7等級では受けられないようだ。

俺も7等級のままがよさそうだな。本業は学生だし。

冒険者ギルドでの登録は、つつがなく終わった。受付のおじさんが終始どもっていたけど、特に何も聞かれなかったし大丈夫だろう。うん。

あと、冒険者ギルドといえば酒場がついているのかな、なんて思っていたが、酒場は隣の建物で、ギルドの中はどちらかといえば役所っぽかった。なので酔った冒険者に絡まれるとかいう定番イベントは起こらなかった。残念。

「パーティなんだが、うちよりも適任のパーティがあるので、そっちに紹介しようと思う」

「アラ、あんたのトコじゃダメなの？」

「うちはなぁ、男所帯（おとこじょたい）だから……」

「あぁ……」

ということで、2人に連れられて隣の酒場まで来た。カウンターと丸いテーブル席があって、革鎧を着ている冒険者っぽい人たちが昼間からお酒を飲んでいる。うん、俺が想像していた感じの店だ。ちょっとわくわくしてきた。

エイベルは慣れた様子で店の中へと向かい、テーブル席へと近付いていく。

「あら、エイベルじゃない。どうしたの？」

「紹介したい新人がいてな。……こっちだ」

「俺はリーネ。よろしく」

テーブル席に座っていたのは、全員女の人だった。エールを片手に俺の顔を覗き込んでくる。

革鎧を着た、男の人よりも大きな体格をした女性や、小柄でローブを羽織った、いかにも魔法使いっぽい人と、軽装備の人、斥候タイプの弓を椅子にかけている人。みんな若そうで、10代後半から20代前半といったところだ。

「わ、カワイー！」

「すごく綺麗な子ね！」

「え、きみ歳いくつー？」

「肌真っ白～！」

俺は甲高い声に囲まれてもみくちゃにされるという洗礼を受けた。頬をつんつんされたり頭を撫でられたり……って、一番背が低い魔法使いっぽい人が俺と同じくらいの身長なんだが。

やっぱこの世界、女の人も背が高い。

店の客にじろじろと見られながら、同じテーブルにウィルモット先生、エイベルと一緒に座る。

「リーネは兼業冒険者になる予定でな。薬草摘みなんかをしていきたいそうだ。色々教えてやってほしい」

4人の女の子は、『歌う拳』というパーティを組んでいるそうで、一番背の高い重戦士がリタ、革鎧の剣士がミミル、弓を持っている斥候っぽいのがエマ、一番小柄で、俺と同じ体格のローブを着た魔法使いがアリスだ。

「リーネちゃんね！　分からないことがあったらなんでも聞いて！」

にこやかにそう言われたので、俺はありがとう、と礼を言っておく。とりあえず来週の陽の日に、日帰りで薬草摘みに連れていってもらうことになった。引率として。パーティメンバーに誘われたが、保留にした。なぜって周りの視線が結構痛いし、そもそも毎日冒険者をやるわけじゃないからな。

その日は歌う拳のメンバー、ウィルモット先生、エイベルと軽く食事をしながら話し、解散した。

冒険者登録をした翌日、月の日、午前は教養の授業だ。
お茶会についての授業だが、男性が女性を招待する時のマナーだとか、女性がお茶会を主宰

する時のマナーだとかを、おじいちゃん先生が教えてくれる。

　でもおじいちゃんのマナーは、女性は雨の日に膝が痛むので部屋を暖かくするだとか、男性が座る時は杖を置きやすい席にするだとか、とにかく高齢者仕様だった。

　その他の基本的なお茶会マナーは、トルデリーデ先生に教わった通りだった。他の生徒もすでに家庭教師から教わっているのか、みんな卒なくこなしている。だが下位貴族のご子息やご令嬢だったり、他にも数人、作法の甘い生徒がいて、この授業はそういう生徒にはちょうどいいようだ。

　男爵家の子供や、妾腹の出だったり養子だったりすると、家庭教師をつけられないこともある。金銭的な理由や家の事情もあるが、学院に入学した以上、卒業する３年後には正式な王国貴族だ。最低限のマナーは必要なのだろう。

　お茶会マナーの授業を終え、午後から火の日にかけてはまた読書三昧だ。

　図書館には古い文献なんかも所蔵されていて、司書同伴で読めるものがある。古い遺跡から発掘されてボロボロ状態のそれを、司書が丁寧にピンセットのようなもので捲って読ませてくれるのだ。

　古代文字で書かれている文献は非常に興味深かった。古代文字自体がまだ完全には解読されておらず、俺も知らない単語がいくつもある。文献の中には、時々とてつもない兵器の製造法が書かれているという話もあり、古代遺跡の発掘にはいつか参加してみたいなと思いながら、司書に文献を読ませてもらい続けた1日だった。司書は最後のほうにはちょっと疲れていた。

翌日の水の日、今日は初めての高等学術科の授業だ。

高等学術科は、あらゆる高度な学問を学び、その中で自分に向いた研究室なんかを探していく学科だ。同時に、教授陣が自分の研究室に生徒を勧誘する場でもある。そんな今日の学術の授業は、天文学だ。

地球の星座くらいしか知識のない俺は、すごく楽しみにしていた。何せこの世界の天文学は、上達すると星の位置で将来を占ったりできるらしい。そう、占星術がある。魔法のある世界の未来予知的な力は一体どれくらいのものなのか、中二病を通った者ならば気になるはずだ。なんなら少し先の未来が見えるくらいに開眼しそうになってた中学2年生だっていたはずだ。間違いない。

と、楽しみにしながら学術棟の教室へと入ったのはいいが、席に着いた途端、変な輩に絡まれた。

「ごきげんよう、メイリーネ・ラスティル君、私は2年のシュトラウス・ダグナーという」

「……初めまして、ダグナー卿」

「ああ、……なんと麗しい瞳だ、メイリーネ。君をひと目見た時から、その瞳は私を虜にして離さないね。私のことはシュトラウスと」

そう言って跪き、俺の手を取ろうとするのをさっと避けた。後ろに2人ほどニヤニヤ笑いの取り巻きを連れたこのシュトラウス、おそらくダグナー伯爵家の息子だろう。

こういう感じの奴、学園にゴロゴロいるのが困る。なんで伯爵家の息子が、侯爵家の息子である俺にそんなに馴れ馴れしいんだ？　先輩だからか？　学院から一歩出たら身分社会だぞ？　その身分が学院内で無関係になるわけないだろ。それとも、俺が世間知らずの箱入りだからか？　つけ入りやすいとか、落としやすいとか思われてんのかな。生憎だが、男の趣味にはうるさいほうなんだ。

「お互いによく知らない間柄ですし、ダグナー卿に対して失礼なことです。遠慮させていただきます」

「これから知っていけばいいのだよ、メイリーネ。なに、君は世間知らずでよく分からないかもしれないが、私はこれでも由緒あるダグナー伯爵家の長子。私の面子をかけて君をあらゆるものから守ってみせよう」

馴れ馴れしく名前呼びしてんじゃねーよカス、と思ったことをそのまま言えないのが貴族のお坊ちゃんのつらいところである。そもそも守ってもらう必要なんかないんだよ、お前みたいな奴さえいなければ。

「必要ありません。私たち生徒の身は、学院に守られております。ダグナー卿、私は世間知らずでよく分からないのですが、初対面で許しもなく名を呼ぶのは、失礼にあたるのですよね？」

気安く呼んでんじゃねぇよ、と嫌味を交えつつ婉曲に伝える。

避けた手をまた握られそうになったので、椅子から立ち上がって身体ごと避けた。気持ち悪い奴だな。半径3メートル以内に近付かないでほしい。

「その通りだ、メイリーネ・ラスティル」

俺がそう思っていると、後ろから唸るようなバリトンの声が聞こえた。振り向くと、そこには黒いジャケットとパンツをかっちりと着こなし、白のジャボタイで首元をしっかりと飾った教師が立っていた。

「何をしている。授業はもう始まっているのだ。さっさと席に着きなさい」

授業が始まって助かった。さっきから教師に睨まれているのが気になるが、とにかくダグナーは俺から離れて席に戻ったし、なんとかなった。

「今年の天文学と占星術を担当する、ジルド・ランターニオだ」

ランターニオ先生は、黒髪に金色の瞳をした、どこか獣っぽい見た目の教師だった。けれど顔色が白く、ちょっと低血圧っぽい見た目なのでそこまで野性的な感じでもない。どちらかといえば全体的には理知的なのに、目だけが獣っぽい印象だ。そう感じるのは、さっきから俺を睨んでいるせいかもしれない。

「ここは選ばれし一部の人間だけが学びを得る、愚者を通さぬ学徒の間だ。学問を探究するのにふさわしくない者たちは、今からでも教養科へと戻ることを勧めよう。特に、浮ついた状態でみだりに風紀を乱すような者の来るところではない」

めっちゃ俺を睨んでくるやん。絡まれたのは俺のせいじゃないぞ。まあ俺がこの学科にいるのが悪いと言われたら、何も返せないのだが。

教師の自己紹介と挨拶に加え、俺への嫌味が15分ほど続く中、とりあえずはしおらしく座っていた。要約すると、勉強しに来てるのに問題を起こすな、とのことだ。

正直、俺が教師でもそう言いたくなる。面倒だから問題起こすな、ってね。

でも絡んできたほうに言ってくれないかな。これって生徒いびりか？

まあ、ひと通りのお叱りのような嫌味が終わり、授業が始まる頃には、そんなことはどうでもよくなっていたんだが。

天文学、これがなかなか面白い。星座図の解説や季節で変わる星座などを紹介されるが、この世界はどうやら天動説が主流のようで、太陽と2つの月が引かれ合って交互に星を呼ぶせいで、星座が季節によって変わるのだとか。ちなみに月は2つあるが、1つは肉眼では見えない。

感じる月だそうだ。意味が分からないが、それもまた面白いところだ。

学校から指定されていた教科書と星座図を見ながら、ランターニオ先生の解説を聞く。異世界でも星は何かに例えられて、星座と呼ばれるっていうのはなかなか興味深い。でもだいたいこの世界の花の名前や、植物の名前になっていることが多いな。地球だと動物とか人の使う道具とか、変わったものもあるが。

「星座図は今後の天文学、及び占星術の授業でも基礎知識として必要になる。次の授業までに覚えてくるように」

先生の言葉に1年生がざわめく。膨大な数の星座を、次までに覚えてくるようにと言われて慌てているようだ。貴族の子息子女は、家庭教師を雇っているせいで宿題という概念がない。勉強の時間は常に教師がついていて、1人でする、という意識を今まで持っていなかったのだろう。

青ざめる1年生を無視するように、ランターニオ先生は授業終了の時刻になると、さっさと教室を出ていった。

木の日はまた図書館に籠もり、翌日の金の日は教養の授業だ。予定では音楽。

この世界の音楽も、聖歌から派生しているっぽい。楽器も発達してるし、ピアノ独奏曲なんかもあるが、カンタータやらオラトリオみたいなのが人気だ。トルデリーデ先生の授業で音楽もひと通りやったが、宮廷音楽家が作曲した楽譜を弾いたり歌ったりできるようになるのが貴族の嗜みらしい。その音楽がまた宗教色が強くて、とってもありがたい感じの曲なんだよな。嫌いじゃないけど。

ちなみに吟遊詩人の歌う世俗音楽もある。これは冒険者から人気が高く、酒場とかで夜に歌われているものが多い。内容の多くは簡単な音調で歌われる、有名冒険者の冒険譚だ。あとは神殿で囲われている吟遊詩人もいるが、ほとんど聖歌隊みたいなのに入ってる。

音楽は嫌いじゃないので、お茶会マナーの授業よりは楽しみだ。日本でまだ子供だった頃に片手のバイエルからピアノを始めて、才能があるわけではなかったけど楽しんでいた。まあ歌は合唱団で歌うよりカラオケに行くほうが好きだったが。

渡り廊下を通り、音楽室へと向かう。見える庭は綺麗に手入れされていて、秋の花が咲いていた。俺は鼻歌を歌いながら庭を眺め、そのまま教養棟へと入る。鼻歌は秋らしくどんぐりころころだ。庭にどんぐり1つも落ちてないけど。

ん？　なんか後ろから誰かが走ってくるな。バタバタという足音が近付いてくるので、俺は廊下の端に寄ってまた歩く。学院で走る人間は少ない。教師も生徒も基本的にはゆったりと歩いて移動する。走るのは優雅じゃないからだ。学院内で走る気配といえば、せいぜい騎士科の生徒が訓練場で走り込みをしているくらいのものだ。

珍しいな、なんて思っていたら、足音はどんどん俺に近付いてくる。

あれ？　これ俺に向かってきてるのか？

特に警戒が必要な足音でもなかったが、後ろを振り向いて相手を見ると、俺と同じ制服を着た生徒だった。灰色の髪に灰色の瞳、あまり目立つ容姿ではないが、背が高くてひょろっとした、モヤシみたいな男だ。

確か同じ1年の生徒だった。寮で見かけたことがある。ただ、結構影が薄い感じだったので誰かは分からない。もう宗教勧誘も強引なナンパも、間に合ってるんだけどな。

俺が溜息を飲み込んでいると、モヤシは俺の前で止まり、前のめりで話しかけてきた。

「君！　今の音をもう1回！」

「え？」

「音だよ音！　鼻歌を歌っていただろう!?　もう1回歌ってくれ！」

予想外の内容に反応が少し遅れ、ガシッと両肩を掴まれてしまう。

え？　なんて？　鼻歌？　どんぐりころころのことか？

「さあ！　早く！」

「え？　え？」

俺の鼻歌、聞かれてた？　恥ずかしいんだけど。ていうか、そんな近くにいなかったよな？　どこで聞いてたんだ？

俺は予想外すぎて混乱していた。そしてうっかり歌ってしまう、どんぐりころころの鼻歌。だってこのモヤシ、目が血走っててこわいんだもん。

「ああ、素晴らしい音だ。どこか穏やかながらも彩り（いろど）がある。これは間違いなく、咲き誇る薔（ば）薇（ら）を愛（め）でる音」

「いや、なんでだよ」

どんぐり君が転がって大変になる歌だよ。しまった。つい素が出てしまった。モヤシが変な顔をしている。

「君は確か同じ1年の……」

「……」

「同じ1年の……誰だ？」

「ええっと……メイリーネ・ラスティル……です……」

なんとなく語尾が小さくなる。ちょっと不安になってきた。

「……ラスティル侯爵家の？」

「……」

そうだよ。俺だよ。

モヤシと俺は、微妙な沈黙と困惑顔で見つめ合った。

「……失礼。私はジュリオ・アーベライン。アーベライン伯爵家の三子だ。急に話しかけて申し訳ない」

「いいえ、大丈夫です。メイリーネ・ラスティルです」

「そうか、大丈夫か。それでだな、さっきの鼻歌の音階なんだが……」

「いやいや待って？」

大丈夫は社交辞令！　社交辞令だよ！　どうなってるのこのモヤシ！

そしてそろそろ音楽室へ向かわないと遅刻してしまう。

「……すみません、これから音楽の授業があるので……」

「私もだ」

そうでしょうとも。俺とジュリオは2人で音楽室へと向かった。その間ずっと鼻歌について根掘り葉掘り聞かれ続ける。どうもこのモヤシ、音楽オタクっぽい。地球にいる頃の懐かしさを感じて、ついつい話すのが楽しくなってしまう。

どんぐりが転がるイメージの鼻歌だと答えたら、わざわざ後ろを振り向いてどんぐりが1つもない中庭を見たあと、こっちを変な目で見てくる。変な目で見たいのは俺なんだけど。

なんだか面白くて、気に入ってしまったな。光魔法持ちの俺を色眼鏡で見てこないところとか、音楽以外のことはどうでもよさそうなところとか。それくらいゆるい人間のほうが付き合いやすい。

「……色々話してくれ。俺もそうする、ジュリオ」

俺がそう言うと、そうか、とだけ言って、またどんぐりころころの話を始めた。うんうん、もうどんぐりはいいよ。

音楽の授業は、宮廷でよく演奏されるという曲に合わせて歌う授業だった。ありがたい感じの歌で、知っている者は先生のピアノに合わせて1人ずつ歌い、知らない者は聞いて覚えましょう、という感じで授業は終わった。

音楽室を出る時にジュリオに声をかけられて、一緒に移動する。昼食を一緒にどうかと誘われたので、サロンへ向かった。移動教室で誰かと話しながら歩くのって、学生の頃を思い出してなんだか懐かしい。あ、俺今も学生だったわ。

周りが俺たちを変な目で見ているが気にしない、気にしない。ジュリオも気にしていないしな。

「メイリーネ、君は生み出す音も素晴らしいが、声がとてもいい。僕が作った曲を歌ってくれないか？」

「いいけど、俺そんなに音域広くないよ」

どんぐりころころは俺が作った歌じゃないしな。音楽関係は好きだけど才能はない。

俺が頷くと、すぐに空間収納のポーチから楽譜を出してくるジュリオ。紙束(かみたば)に走り書きのような楽譜が書かれている。

「まだ歌詞はないんだ。僕には詩の才能があまりないから」

「これは……すごいな」

ジュリオの作った曲は本当にすごかった。ピアノ曲として作られているんだが、なんていうか、あまりにも自由だ。この世界の音楽には、クラシック音楽のように禁則事項がある。それもかなりたくさん。聖歌や賛美歌から音楽が派生したせいかもしれないが、ジュリオの曲はその禁則を土足で蹴り飛ばすような曲だ。だが完全に違反しているわけでもなく、かといってお利口なだけでもない。

うん、性格がよく出てるな。

なんて思ったが、曲自体はかなり好ましい。ありがたい宮廷音楽とは違った、尖った才能を感じる。

「いいな、この曲。こういうのが授業でも出ればいいのに」

「出ないさ。王宮の音楽家たちは、退屈な音の羅列(られつ)で心地よくなっていたい年寄りどもばかりだからね」

「そうなんだ。俺、王宮のこととか全然知らないけど、王宮の音楽家って若い人間はいないのか」

「いても、音楽自体が若くないからダメだ。年寄りどもに聞こえのいい曲ばかりを発表しているよ」

「詳しいな」

「音楽のことだけはね」

サロン兼食堂に着いたので、一旦楽譜をジュリオに返して、ランチのメニューを選ぶ。バイキング式ではなく、給仕に注文するオーダー式だ。選び終わったら窓際にある丸テーブルの席を取り、料理が用意されるのを待つ。

「渡り廊下で俺に話しかけてきた時、近くにはいなかったと思うんだけど。どこで鼻歌を聞いてたんだ？」

「……？　近くにいたよ。渡り廊下の手前だ」

いや渡り廊下、そんなに短くない。俺も小声だったし、周りに人がいるかどうかちゃんと確認していた。どんな耳してるんだ？　もしかして、身体強化で聴覚を強化したのか？

そう思って鑑定したが、特に戦闘系の技能は持っていなかった。というか、持っているのは風魔法と、睡眠耐性の技能だけだった。睡眠耐性って、連日徹夜でもしていたんだろうか。

そんなこんなで、俺は学院で初めて友達ができたのだった。

土の日は大人しく図書館で過ごし、陽の日、俺は朝から変装して、冒険者ギルドの隣にある酒場へ来ていた。こんな朝早くから、なんで酒場が開いているのかは考えない。ナーロッパとはそういうものなのだ。

「あっ、リーネちゃん！　おはよー！」

「おはよう」

歌う拳のメンバーはもう揃っていた。朝から元気に薄いワインを飲んでいる。

早朝から酒？　と思うかもしれないが、この世界じゃ酒を水のように飲む。真水(まみず)の安全性を確保しにくいし、生活魔法ではグラス1杯程度しか水を出せない。量を多く出せる水魔法は希少だ。アルコール度数はそんなに高くないので、子供でも飲むくらいなのだ。

「今日は薬草摘みってことだから、王都の北にある森に行くけどいい？」

「あそこは迷いにくいし、魔物もそんなに強くないし、結構街の人も入ってるから」

「分かった」

王都周辺はそもそも拓かれていて、それほど強い魔物は生息していないらしい。冒険者の仕事の難易度も低く、大抵は王都内の雑用のようなものか、畑を荒らす小型の魔物討伐だとか。中級者や上級者になると、王都からずっと東にある森の異空間ダンジョンで稼ぐそうだ。

歌う拳は等級でいうと4等級のパーティで、比較的ベテランのほうらしい。少し前までは辺境の異空間ダンジョンに入っていたそうだが、今は王都に戻ってのんびり仕事をこなしつつ、次の予定を立てている。

「じゃあ、薬草摘みなんか頼んじゃって悪かったな。こういうの、見習いのやることだろ？」

「そんなことないよ！　摘む薬草の種類によっては、上級の冒険者も採集に来るもん」

「それに私たち、今は王都でのんびり仕事したいからちょうどいいし」

「リーネちゃんが気にすることないよ」

話をしながら王都の北門を潜り、街を出る。王都の北にはゆるやかな草原があり、その奥に森が見える。馬車道は森を避けて、北東へと続いていた。

「そうそう。この北の森には、毎年一の月の深夜にしか花をつけない希少な植物があるんだけど、その花が高く売れるんだよね」

「なんでも錬金術で使うらしいんだけど、魔力で花を覆ってから採集しないと買ってもらえないんだ。魔力持ちの冒険者は、一の月になるとみんな深夜に森に入ってるよ」

「へえ、それはちょっと気になる」

月下美人みたいなものか？　どんな効果なのか俺も調べてみたい。冒険者たちは薬草の名前なんかを正確には覚えない。通称とか俗称があるらしく、その名前で呼ぶのだとか。俺はほとんど図鑑で覚えて学名でしか知らないから、色々教えてもらおう。

俺の鑑定も、やっと植物を見ることができるようになってきたからな。

鑑定は生まれて一番初めに覚えた技能だが、めちゃくちゃ成長が遅い。10年くらい使い続けて、やっと熟練度が3になったところだ。初めは人間のスキル技能と魔法適性、恩寵くらいしか分からなくて、植物や動物、物なんかは鑑定しても何も分からなかった。

熟練度2になったところで、屋敷の庭にある植物の味がどうなのかが出るようになった。でもだいたいが『苦い』か『ほんのり苦い』で、頭を抱えたな。

今の熟練度は3で、ようやく薬草なんかの大まかな効能が出るようになった。あと味もちょっと正確さが増した。なんで味が優先されているのかは謎だ。

俺的には、こういう異世界ものの鑑定は、世界の記憶のような、中二病御用達のアカシックレコード的なのと交信して情報を得ているのだと思っていたけど、違うんだろうか。そういえば、人間も植物も、鑑定しても名前は出たりしなかったもんな。よく考えたら、人間の名前なんて親が好きにつけてるのに、なんで鑑定できるんだって話だし。自認しているだけで実際は持っていない技能や恩寵とかが鑑定で出ちゃって、正確性がないこともある。俺は神に愛されてる！　って思い込んでるだけの奴が、ただの自認の鑑定で何かの恩寵を持っているというなら、それはそれで問題だ。

「これから行く場所で採れる薬草は、神殿が買い取ってくれるらしいよ」

「そうそう、冒険者ギルドが大口で取引してるから、いつでも買ってもらえるし」

「魔物は出るのか？」

「たまに出るかな？　一番多いのがスライム。近くに小川があって、岩場もあるからよく住みついてる」

「緑色のやつは凶暴だから気をつけてね！」

「へえ。魔物、見たことないからちょっと楽しみだ」

そう言ったら４人に変な顔をされた。そのあと、

「大丈夫、守ってあげるからね！」

と意気込まれる。いや、さすがにスライム相手に守ってもらうほど、弱くはないと思いたいんだが。子供扱いされてるってことか？　まあまだ13歳だしな。

そんな感じでのんびり雑談しながら森に入り、薬草の群生地にきた。森の入り口では結構街の子供たちが遊んでて、大丈夫なのか？　って聞いたら、森の入り口や草原は子供の遊び場になっているとのこと。魔物はほとんど出ず、現れても普通の動物で、兎やイタチくらいだって話だ。

薬草の群生地は、繁（しげ）った木々の間にぽっかりと穴が開いたような空き地で、小川のすぐ側にあった。膝くらいまでの草がいくつも生えている中、魔法使いのアリスに薬草の種類や採集方法を教えてもらいながら摘んでいく。

鑑定で効能を調べながら、薬草以外にハーブとして使えそうな植物や、香りのいい小さな花をつけている植物もあったので採集した。両手で花を摘んでるのを見て、アリスににこにこされた。片手で摘めってことらしい。

アリスは商家の生まれで、薬を扱うこともあったので薬草の知識が豊富なのだとか。このパーティで依頼人との交渉なんかは、慣れているアリスがしているそうだ。

アリスと俺が採集している間、斥候のエマは一応周囲を警戒し、リタとミミルは昼食用の肉を調達しに行った。狩った肉をその場で調理して食べるなんて、初めてでわくわくしている。

ジビエだ、ジビエ。一体なんの肉が出てくるんだろう。

「あー、出たよ、スライム！　黄色いやつ！」

周囲を警戒していたエマがそう言ったので、屈んで採集していた俺とアリスは腰を上げた。手に持っていた薬草をポーチに入れるふりで空間収納に仕舞いながら近付くと、張り出した岩に、黄色い粘体が蠢いている。

「小さいね」

「うん。でも黄色いから触ったら痺れるよ。リーネちゃんも気をつけてね」

俺はエマとアリスの言葉に、なんとか頷くだけで返した。視線は黄色い粘体に釘付けだった。

スライムで何を想像するかといえば、アレだろう。ドラ○エのぽよよんとして、水色で、目と口があって、にっこりしてて可愛いやつ。今眼の前にいる黄色いのは、全然違った。デロっとしていて、形が不定形で、目も口もないし、ぽよぽよ跳ねてもいない。スライムというより、粘菌だ。

俺の夢がまたひとつ静かに崩れ去った。可愛いスライムや魔物をテイムしてペットとして愛でるというささやかな夢が。魔物をテイムするなんて技能聞いたことないし、そういうのはない異世界だろうなとは思っていたけど。動物との交配で家畜化された魔物はいるようだが、従魔のようなものはいない。そういうのは召喚で聖霊や聖獣を呼んで、契約を交わすのみだそうだ。

でもこの見た目じゃ確かに、テイムしたいとは思わないな。

「リーネちゃん、スライムは動きが遅いけど、剣が効かないし色によっては厄介だから、油断は禁物だよ」

「分かった。いつもはアリスが魔法で倒してるのか？」

「だいたいそうだけど、魔法じゃなくて普通の松明で燃やしたりしても倒せるよ」

「燃えるんだ」

「燃えるっていうか、蒸発する」

蒸発したら、剥き出しになった核を潰せば死ぬらしい。大きいスライムだと魔石が採れることもあるとか。

話している間も黄色い粘体はうねうねと蠢いている。正直、視界に入っているだけでちょっと気持ち悪い。そんな気持ち悪い粘体スライムに、アリスは長い詠唱をして、土魔法を当てて倒した。岩みたいなのをごちっと当てたら急にスライムがブルブルと痙攣し、収縮して、最後には液状化して死んだ。ちょっと生々しくて、微妙な顔になってしまった。

その後も薬草を摘んでいる途中、２匹ほどスライムがやってきたが、俺の水魔法とアリスの土魔法で撃退した。

水魔法でスライムを覆ってみたら、だんだん薄くなって、最終的には水に溶けて魔石だけが残った。やっぱりちょっと気持ち悪かった。

「ただいまー！　いいのが獲れたよ！」

お昼の少し前に、重戦士のリタと剣士のミミルが戻ってきた。大きなイノシシっぽい塊を2人で抱えている。

「わ、レッドボアだ！　しかもまだ若そう！」

「そう！　柔らかくってきっと美味しいよ！」

「レッドボアって、魔物？」

「そう。大人の個体は結構大きくて身も多いんだけど、お肉が硬いのよね。若いのは小さめだけど美味しいから、余ったお肉は高く買い取ってもらえるよ」

時間もちょうどいいからということで、昼食の準備に取りかかることになった。アリスが土魔法で簡易な竈を作って火を起こしている間、小川でリタとミミルが狩ってきたレッドボアの血抜きをする。俺も教わりながら血抜きや解体を手伝ったら、すぐに解体の技能を覚えた。

その後、鍋に水を張ってスープを作ると言うので、俺は朝に摘んだハーブを入れる時に、こっそりコンソメの顆粒を少し混ぜた。ほんのり後味がつく程度だけど、塩味のスープよりはよっぽどマシだろう。

味見をしたエマがびっくりした顔をしていたが、何も知らないふりをした。

朝買った根菜や、採集した葉野菜のようなものを切って鍋に入れていく。

「リーネちゃん、お料理結構慣れてるね、意外～」

「料理は好きなんだ。最近は台所がなくて作れてないけど」

「そうなんだ。台所なら、宿屋が有料で貸してくれるところもあるよ。商業ギルドに行けば、貸し工房の紹介もしてもらえるから、大きい台所がいいならそっちだけど」

「へえ。じゃ今度、商業ギルドに行ってみよ」

いいことを聞いた。貸し工房って言うくらいだし、台所以外も紹介してもらえるだろう。鍛冶工房とか。念願の日本刀が作れるかもしれない。

レッドボアの肉は、一口に切り分けて串に刺し、軽く塩とハーブを載せて焼くだけのシンプルなものだ。

それに、朝王都を出る前に買った、パンみたいな石、じゃなくて石みたいなパンを切り分けて、昼食にする。

「パン、ちょっと焼いていい？」

俺は石に耐えられないので、切ったパンをフライパンに載せ、少しだけ水を入れ、蓋をして蒸し焼きにした。これをすると、パンが少しだけふっくらとする。

みんなの分もさっと蒸し焼きにして、クリームチーズとクランベリージャムを塗ってそれぞれに渡す。

「わ、これジャムと……チーズ？　美味しい！」

「それにすごく柔らかい！　焼き立てのパンみたい！」

俺はジビエ肉を一口。んん、美味い。脂身（あぶらみ）が多いわけじゃないんだけど、柔らかくて肉の味がぎゅって詰まっている。噛めば噛むほど味が口の中に染み出して、ハーブと塩と肉の旨みのハーモニーがたまらない。ジビエ、最高！

「リーネちゃん、いいお嫁さんになるよ」

「うちにお嫁さんに来てくれてもいいよ！」

「考えとく」

リタとミミルにそう言われ、もぐもぐしながら適当に答える。女の子のこういうノリ、癒されるから好きだ。なんだか、ピクニックに来た気分になる。でも女の子だけのパーティなんて、冒険者やってると大変そうなんだけどな。冒険者って荒くれ者が多くて素行が悪いイメージだし。

「スープもなんだかいつもと違うね？　不思議な味だけどすごく美味しい。なんのハーブ入れたの？」

「うーん、ここに生えてるいつものやつだけど……」

そうそう、いつも通り、いつも通り。

昼食を食べ、おしゃべりしながら、まったりした食休みを過ごす。この世界の人たちは、食後すぐに動いたりしないし、午後にお茶もするし、結構のんびりさんなのだ。

年頃の女の子たちの話題は、だいたい恋の話だと思いがちだが、このパーティは主に食の話に偏っている。どのお店の何が美味しいだとか、あの酒場のワインが美味しいだとか。俺はその話題に出る食材なんかをチェックしていく。今度朝市に行ってみたいので、その時の買い物の参考に。

そういえば、ずっと探しているお米は、どうやら家畜の餌として作られているらしく、餌屋に行ったら買えるらしい。絶対行くぞ。そして買えるだけ買ってやる。

米と一緒にコーンもあるらしいので楽しみだ。コーンポタージュ飲みたい。ジャガイモやカボチャのポタージュもいいんだが、コーンポタージュにはコーンポタージュにしかない魅力があるのだ。

午後は別の採集ポイントを教えてもらって、そこで薬草を摘んだ。なんとゴブリンが2体ほど出た。リタが無手で突っ込んでいくので、俺はびっくりして、ウォーターカッターでゴブリンを滅多斬りにしてしまった。血は紫だった。グロい。ゴブリンは可食部位なんてないので、魔石を探して内臓を漁り、左耳を討伐証明として持って帰るそうだ。小指の爪ほどの小さな魔石が採れた。

「この採集場所は午前中に行ったところと違って、たまに他の冒険者とはち合わせるから気をつけてね」

「そうそう、冒険者は結構乱暴だし、リーネちゃんみたいな可愛い子が1人だと絡まれちゃうから」

「4人のほうが大変だろ。俺男だし」

普通に考えて、子供とはいえ男の俺と、年頃の女の子4人じゃ、女の子のほうが大変だろうと思う。

「私たちは大丈夫だよ、拳で解決するから！」

力強く答えるリタ。さすがゴブリンに無手で突っ込むだけあるな。

そこから冒険者の男たちに関する愚痴が、流れるように始まった。汚いだのくさいだの、視線が気持ち悪いだの。あとやっぱり野営地で、テントの中に入ってこようとする輩とかもいるらしい。殴って解決するそうだ。強い。

「なんかさー、私たちも冒険者やってるからさ、外で着替えたり川で身体洗ったりするわけよ。返り血で汚れるしさ」

「そしたら別にそういう雰囲気でもないのに、相手が勝手に意識してくるの。すごく気持ち悪いよね～」

「ちょっと話したくらいで夜這（よば）いに来るの、勘違いしすぎだよね」

女の子たちの攻撃はなかなか鋭い。そうね。男ってそういう勘違いしがちな生き物だよね。肝（きも）に銘（めい）じておくね。この空気、なんか既視感あると思ったら、うちの侍女たちだ。刺繍の時間がだいたいこんな感じだったな。みんな元気にしているだろうか。まだ寮に入って10日ほどしか経ってないのに、ちょっと懐かしい気持ちになる。

午後の採集は早めに切り上げ、そのまま森を出て王都へと帰る。冒険者ギルドで今日の採集や狩りの分を買い取ってもらい、本日の冒険者業は終了となる。

俺は採集した薬草の一部だけを買い取ってもらい、残りは収納に残した。これは自分で使う用だ。

「このあと隣で夕飯食べるけど、リーネちゃんも行こ！」

「いや、俺、今日はそろそろ帰らないと。悪いな、せっかく誘ってくれたのに」

そう言って、4人と別れて学院へと戻る。何せまだ成長途中だからね。お酒は禁物なのだ。これからぐんぐん背が伸びていく予定だからね。

歌う拳のメンバーと別れ、裏路地に入って、寮の部屋に転移。夕飯までに風呂に入っちゃおう。今日は森歩きで結構汚れたと思う。

服を全部まとめて綺麗にしてから、変装用のブレスレットを外して風呂へ。うーん、今日は久しぶりに結構歩いたし、お風呂が気持ちいい。全身ゴシゴシして、髪までさっぱりしてホカホカのまま食堂へと降りる。髪は面倒だからタオルドライだけにした。夕食が終わったら魔法で乾かそう。

陽の日の寮の食堂は、結構人がまばらだ。でも、なんかいつもより注目されてるような気もする。まあいいか、気にしない、気にしない。今日は初めての森遊びで気分がいい。

食堂にジュリオが降りてきているかなと思ったけど、いなかったのでそのまま部屋へと戻って寝るまでは読書をした。今日採集した薬草やハーブ、いい香りの花なんかをひと通り調べてから、ベッドへ入って就寝。うん、いい休日を過ごした。

その日の夜、夢を見た。

ドラ〇エタイプのスライムが出てきて、にこにこしながらぽよんと跳ね、俺の胸に飛び込んでくる。触れたスライムは少しだけひんやりしていて、ぷにぷにしていて触り心地がいい。やっぱりスライムといえばこれだよな。

そのままスライムを撫でていたら、新たにまた1匹飛び込んでくる。その繰り返しでどんどんスライムが増えて、気付いたらスライムに埋もれて溺れそうになっていた。

ぎゅうぎゅうと押され、ひやりとしたスライムの感触が胸に触れて、ヘソを擽られ、全身を冷たい感触で撫で回される。

そうしているうちにスライムがどんどん熱くなってきて、俺の身体も熱が移ったのかじわりと熱くなっていく。最後にはスライムがどろりと全部溶けて、粘菌のように貼り付いて動けなくなった。粘菌に変わったスライムは痙攣し始め、俺の全身を締め付けるように収縮し、あまりの苦しさに思わず泣いていた。

そしてハッと目が覚めたら、朝になっていた。

下半身にいっそ懐かしい濡れた感触があり、その温かく粘着質な感触に、俺は放心した。

マジかよ。

スライムで迎えた大人の階段があまりにショックすぎて、少しの間ベッドから出られなかった。

ゴブリンを滅多斬りにしてもレッドボアを解体しても上がらなかった精神耐性の熟練度が、また上がった。

8章　優しい先輩

朝から虚無を抱えてベッドやシーツ、寝巻きや下着なんかを綺麗にする作業を済ませた。

まさか自分がスライムで大人になる日が来るなんて、夢にも思わなかった。まあ夢だけど夢じゃなかったんだが。

自分の性癖が完全なノーマルだとは思っていないが、それでも存在すらしないドラ〇エスライムでなんて、想定外すぎる。この性癖は間違いなくアブノーマルだし、心の中に仕舞って、なかったことにしたい。せめて実在するもので満足したい。粘菌スライムは無理。

気分を変えるために朝風呂にも入ったが、どうにも心が晴れないまま寮の食堂へと降りていく。

俺の頭の中は、今後ドラ〇エスライム以外で満足できなかったらどうしよう、ということで占められていた。そうなるともう、スライム的な何かを自分で作るしかない。スライム自体は小学生でも作れる。洗濯糊に水と好きな色の絵の具を入れ、ホウ砂とお湯を混ぜたものを合わせたら完成だ。手軽である。あとは……ダメだ、一旦この話はやめよう。

朝の食堂は昨日の夜よりも人が多い。ジュリオがなんだか眠そうに朝食をとっているので、向かいの席に座った。

「おはよ」

「おはよう。……君、なんだか顔が変だけど、どうしちゃったんだ？」

いつも変なお前が言っちゃうか。というか、取り繕ってるつもりだったけど、変な顔になっていたのか、俺。

「変か？　普通にしてるつもりだけど」

「普通にしてたら、食堂中の視線を集めたりはしないんじゃないか」

言われて周りの視線に意識を向けてみると、どうもチラチラと視線を感じる。何人かは食事の手を止めてまで俺を見ていて、ちょっと顔を赤くしてる奴までいた。

「……ちなみにどんなふうに見えるんだ？」

「どんなと言われても難しいけど、あえて言うなら気怠(けだる)そうな憂(うれ)い顔で、色っぽい感じかな」

気怠いのは今まで出なかったやつが出たせい。憂い顔は、変な性癖に目覚めそうで不安なせい。でも別に色気なんて意識はしてないぞ。13歳でそんなものがあるわけないだろう。

「みんなの視力が心配」

「僕は君の認識が心配だよ」

朝食を済ませ、ジュリオと2人で教養の授業のために寮を出る。ジュリオは俺のことを気怠そうとか色っぽいとか言うけど、本人は俺を意識した視線を全く寄越さずに、隣で音楽の話ばかりをしている。こういう適度な無関心が楽でいい。

今日の午後に音楽室を使えることになったので、ハミングでいいから歌を合わせてほしいという。俺は特に用事もないので、二つ返事でオッケーした。

本日の教養の授業は、算術だった。

2桁から3桁くらいまでの簡単な計算を丁寧に教えられる。俺はひたすら計算しながら、頭で素数を数えつつ、魔力操作の訓練をしていた。とにかく今朝の出来事を忘れるために没頭した。並列思考の熟練度が上がった。

「メイリーネ、君、そんなに算術が好きだったのかい」

授業が終わったあと、ジュリオに変なものでも見るような顔でそう言われるくらいに没頭していたらしい。おかげで朝のくさくさした気分が、少しはマシになってきた気がする。

「ジュリオ、数の学問は世界の理(ことわり)に通じているんだぞ。音楽の世界にも通じてる。音階は数から生まれ、和音は数学的な美しさをもって証明できるんだ」

「世界の理に通じているかは知らないけど、数と音階の話は興味深いな。何か参考文献はあるのかい？　君、ずっと図書館に籠もっているだろう？」

「あるぞ。あとで紹介する」

「今日は音楽室で曲を合わせたあとお茶会があるんだ。明日以降じゃダメかい？」

「いいぞ」

どうやら3年生のお姉様方のお茶会に誘われているらしい。ジュリオは目立たないが整った顔立ちをしているし、華やかではないが、音楽の話さえしなければモテそうではある。

そもそも貴族のご令嬢は、この学院にはほとんどお茶会をしに入学しているようなものだからな。学院の至るところでお茶会が開かれているし、そのためにサロンや東屋（あずまや）もたくさん用意されている。

「君もそのうち声がかかるだろう」

「声がかかってもたぶん行かないぞ」

そんな見えてる地雷を、自分から踏むなんて真似はしない。以前食堂の大広間で拾った「既成事実さえ作ってしまえば」という声は、女性のものだった。

そんなことを聞いたあとじゃ、参加したところでお茶が喉を通らないだろう。何が入っているか分かったもんじゃない。

「というか、ジュリオがお嬢様方のお茶会に参加するほうが意外だな。そんなことより楽器いじってそうだし」

「僕は音楽のために恋をしているからね」

うーん。いっそ清々しいほどの音楽家肌。地球上の歴史に残る音楽家たちは、だいたい女性関係にだらしないもんな。そしてこういうダメな男が結構女性に人気があったりする。恋を知らないクリエイターなんて味のないスープみたいなもんだし、ジュリオの言っていることも理解するけど。

「……刺されないように気をつけろよ」

「肝に銘じておくよ」

にこやかにそう返されたところで、食堂兼サロンへと到着した。ちょうど昼時なので、広間もサロンも人が多い。人混みを縫って窓際の席を取り、２人分の注文をしたところで、やけに大仰に声をかけられる。

「やあ、今日も美しいね、メイリーネ。こんなところで会うなんて奇遇だ」

俺たちの席の前でそう言ったのは、後ろにニヤニヤ笑いの取り巻きを連れた生徒だ。そう、高等学術科で絡んできた気持ちの悪い男、シュトラウス・ダグナーだった。

昼食時のサロンなんだから、誰とでも会おうと思えば会えるだろう。何も奇遇じゃない。

「こんにちは。確かダグナー卿でしたか？」

「ふはっ」

俺がそう言うと、向かいに座っていたジュリオが吹き出して笑った。

それを見て顔を顰めるダグナー。

「君には話しかけていない。アーベライン」

「これは失礼しました、ダグナー卿」

ジュリオは面白がるように少し椅子を引いて静観を決め込んだようだ。他人事（ひとごと）だと思いやがって。まあ他人事だが。俺がジュリオなら、かなり楽しんで静観しただろうしな。

「それで、本日はわざわざ私を探し当てていただいて、どのようなお話でしょう？」

「メイリーネ、付き合う人間はよくよく考えて選んだほうがいい。こんな大した影響力もない宮廷貴族の、しかも変人一族と同じ席に座るなど、君の品格が疑われてしまう」

変人一族と聞いて、俺は笑いを堪えてジュリオを見た。家族揃って変人なのか。もしかして、有名な音楽家を輩出している一族か何かなのかな？

得意気なダグナーには悪いが、本当の変人というのは、変人と言われても悪口とは思わないものなんだぞ。だって本当のことなんだから。例えば納豆に、お前腐（くさ）ってる！　って言ったところで、そりゃあ腐ってますが何か？　となるだろう。そんなようなものだ。

「私は君の先輩として、君のためを思って助言してあげているのだよ。メイリーネ、君は知らないだろうが、目上の人間の言葉には従うものだよ」

ていうか、もうお腹いっぱいだからどっか行ってくれないかな。昼食が入らなくなっちゃうだろ。なんか後ろの取り巻きたちは、ダグナーの言うことに頷きながらニヤニヤしてて気持ち悪いし。

「さあ、君が共に昼食をとる相手が誰か、もう分かるね？」

少なくともお前じゃないことは確かだよ。

テーブルに置いた俺の手を取ろうとするダグナーを避けようとしたが、その前に腕は止められ、ダグナーが後ろへとよろめいた。

「なかなか趣(おもむ)き深い話をしているね。よかったら私にも聞かせてくれないか？　ダグナー卿」

ダグナーの後ろから出てきたのは、背の高い、灰色の髪と目をした生徒だった。

「……エレク兄上」

え？　何？　ジュリオの兄ちゃん？

よく見たら顔がそっくりだ。まるでハンコを押したように。ただし顔だけ。身体はモヤシみたいなジュリオと違って、筋肉がついててがっしりしている。

そしてその隣には、見知った顔が1人。といっても、入学手続きの日に広間で挨拶をした程度だが。

「ラサクア卿、アーベライン卿……」

「目上の人間の言葉に従わなくてはいけないのなら、今すぐこの場を去るんだな、ダグナー」

低く唸るような声が響く。

確か北東に領地のあるラサクア辺境伯の息子、イーグル・ラサクアだったかな。入学手続きの時に流れ作業で挨拶された貴族の中にいたはずだ。父親のラサクア辺境伯がすごい大柄で熊みたいだったから、結構印象に残っている。闊達そうなおじさんだなあって思ったっけ。心の中でガハハおじさんと名付けて呼んでる。

「聞こえなかったかい？　ダグナー卿。君が共に昼食をとる相手は、ここにはいないと言っているんだよ」

ジュリオの兄ちゃんがにこっと笑って、ダグナーにそう意趣返しをしている横で、辺境伯の息子が睨みを効かせている。体格がいい2人に見下ろされて、ダグナーはタジタジだし、取り巻きは腰が引けていた。

「まさか卿ほどの人が、自分の言ったことに責任を持てないわけはないでしょう？」

「し、失礼するっ」

とうとうダグナーが取り巻きを連れて逃げ出した。俺じゃなくてジュリオが去り際に睨まれていたのが気になるが、ジュリオは気にも留めていないようだ。

もう一生話しかけてこないでほしい。やたらと触ろうとしてくるところが気持ち悪いし、馴れ馴れしいのも不快だし、話し方が高圧的で面倒だし。いいことがない。

そんな気持ちで、去っていくダグナーと取り巻きたちを見送る。隣を見ると、ジュリオは興醒めした様子で自分の兄を見ていた。

「……なんの用ですか、エレク兄上」

「ジュリオ、お前はすぐにそうやって、友人の窮地を趣味の糧にしようとする。悪い癖だぞ」

「そんなことはありませんよ。僕は心配していたのです。友人として」

そんなニヤニヤした心配あるか？　俺は別に面白がられても構わないけどな。たぶん俺も逆の立場なら面白がってる。相手が乱暴な手段にさえ出てこなければ。さすがにそうなったら止めに入るだろうけど。

「……メイリーネ、紹介する。アーベライン家の第二子で、2つ年上のエレク兄上だ」

「メイリーネ・ラスティルです。助けていただきありがとうございました」

「気にしないで。音楽にしか興味がない弟が迷惑をかけていないかと心配になっただけだよ。僕のことはエレクと呼んでくれたら嬉しい」

「はい、エレク先輩。私のことはメイリーネと」

にこやかに笑いかけられる。ジュリオと違って、エレク先輩は表情が優しげだ。ジュリオはどちらかというと優しげというよりは、ぼんやりした表情をしている。音楽の話をしている時は、目が血走っててこわい。

話している限り、ジュリオと違ってエレク先輩は真人間に思えるな。変人一族っていうのは、一部だけがそう呼んでるんだろうか。

「弟をよろしく、メイリーネ。そうだ、隣の友人を紹介させてくれ。同じ騎士科のイーグル・ラサクアだ」

「はい、入学手続きの日に少しだけお話をさせていただきました。イーグル様も、助けていただきありがとうございます」

「いや、気にしないでくれ。……俺もイーグルでいい」

「はい、イーグル先輩。メイリーネと呼んでください」

こういうちょっと仲良くなるためのやり取りは、貴族の子息子女だと定形のように決まっているのだが、なんだか照れくさい気持ちになるな。

俺が微妙な恥ずかしさに耐えていると、目の前のイーグル先輩はどこかほっとしたように少しだけ笑った。

「メイリーネ、兄上の人当たりのよさに騙されないでくれ。エレク兄上は至って普通に見えるが、それは僕たちが鱗を持たない人間だからだ」

「ん？　なに？　鱗？」

「ははは。ジュリオ、君は鱗を持つ人間を知っているのかい？　知っていて僕に隠しているなんて酷い話じゃないか」

そんな人間がいるならぜひ口説かなくては、と笑顔でおかしなことを言ってる。エレク先輩の隣で、イーグル先輩が溜息を吐いた。

ジュリオの話によると、どうやらエレク先輩は鱗オタクらしい。なんだ鱗オタクって。

聞いてみると、ありとあらゆる鱗を収集することに執念を燃やしているのだとか。幼い頃は魚の鱗を集めていたのだが、どんどん収集癖が酷くなり、今は魔物の鱗まで集めるようになった。魔物を狩って鱗の収集をするために騎士科に入ったというのだから、ジュリオに負けない変人である。

「異空間ダンジョンに住むという、ドラゴンの鱗をいつか手に入れることが目標だよ」

「ドラゴンが住んでいるのですか」

「確認されているのは、辺境伯領にある天空ダンジョンというところだね」

エレク先輩がそう言うので、つい隣に立つイーグル先輩の顔を見てしまう。なんとも言えない微妙な表情をしていた。

うん、なんとなく分かったぞ。ジュリオと似たようなものなんだな。

「ところでジュリオ、今日はドレア嬢のお茶会に誘われているそうじゃないか。ちょっと知りたいことがあるから頼まれてくれ」

エレク先輩の言葉に、ジュリオは嫌そうな顔をする。

「ジュリオ、俺は席を外そっか」

「どうせ大したことじゃないから大丈夫だよ」

「別に隠すようなことでもないんだ。メイリーネさえよければ、ランチを4人でどうかな？」

「弟のプライベートに踏み込むのはよくないんじゃないの」

首を傾げて俺を見るエレク先輩。それにすぐに反応するジュリオ。仲良いな、この兄弟。うちは話したこともないからちょっと羨ましいぞ。

「お前には聞いてないよ、ジュリオ」

「私は構いませんよ、エレク先輩。イーグル先輩がいいのなら」

「俺も構わないが、いいのか？」

イーグル先輩は気遣うような視線を向けてくる。俺は意図が分からなくて首を傾げた。

「ふふ、メイリーネ、君のガードが堅いのを、イーグルはもう噂で知っているからね。無理強いしているんじゃないかと気にしているのさ。何せ生活魔法に毛が生えた程度の魔法しか使えないのに、今年から魔導学科を取った男だ」

「エレク！」

あー、なるほど。察した。

そうか、イーグル先輩は入学手続きの日に、父親と会いに来ていたもんな。でもその時も特にいやらしい目で見られた記憶はないけど。親に言われたから仕方なくってやつだろうか。貴族社会、好き嫌いだけで人付き合いは決められないしな。

「え……っと」

俺はちょっと考えてから、バツが悪そうな様子のイーグル先輩を見上げた。イーグル先輩もエレク先輩も、騎士科を取っているだけあって背が高くて体格もいい。普通に話すだけで首が疲れる。

「ランチくらいなら私は構いません。あの、他意がなければ……」

「ははは、他意ね」

エレク先輩がイーグル先輩に蹴られた。騎士科の蹴り、痛そう。こういう体育会系のノリにイマイチついていけないせいで、愛想笑いくらいしかできない俺だ。

そんな時にちょうど昼食が運ばれてきたので、結局、窓際のテーブル席で4人揃って昼食を食べることになった。エレク先輩とイーグル先輩の昼食は俺の3倍くらいの量がある。それを大きな口でばくばく食べ始めるのには慄（おのの）いた。

そうか、それくらい食べないと大きくなれないのか。

俺も自分の作った料理なら頑張れるかもしれないが、さすがに3倍の量を食べたら戻しちゃいそう。

毎食ミルクを飲む程度じゃ足りなかったか。

「どうした？　メイリーネ」

「私も先輩方と同じくらい食べれば、大きくなれるのかなと考えていました」

3人共に微妙な顔をされた。

「メイリーネは大きくなりたいのかい？」

エレク先輩の言葉に、一も二もなく頷く。男の子は誰だって大きく強くなりたい生き物なんだ。

「手が大きいと将来背が伸びると聞くよ。隣のイーグルなんて、手が大きすぎて手袋の指の長さが足りていないんだ。ちょっと手を合わせて大きさを見てごらんよ」

自分の手のひらを見てみる。自分の手なので、大きいも小さいも分からない。そういえば、ライオンの赤ちゃんとか、足がでっかいもんな。それにしても、手袋の指の長さが足りてないって、指が長いってことだろう？　羨ましいぜ。たぶんジュリオも羨ましいんじゃないかな。

手が大きくて指が長いのは、楽器の演奏には有利だ。

俺が期待するように手のひらを前に出すと、イーグル先輩は小さく溜息を吐いてナイフを置いた右手を広げて見せてくれた。

で、でかい……！

指も長いが、全体的に大きい。少し太くて筋張っていて、関節も膨らみがある。ひと目見て俺の手より大きいことが分かった。分かったが、無謀な勝負はしちゃうものなのだ。負けると分かりつつも、俺はイーグル先輩の手のひらにぴったりと手を合わせた。代謝がいいのか、触れた手のひらは熱かった。

「大きいですね。それに、たくさん剣ダコの跡があって、硬くて熱いです」

「……」

イーグル先輩はなんとも言えない顔をしている。まあ手なんて褒められても嬉しくないのか。

「騎士科での訓練をとても頑張っているんですね、先輩」

俺はそうフォローをするように言って、にこっとしておいた。馴れ馴れしく手に触ったりしたから機嫌を損ねたかもしれないし、愛想よくしておこう。

イーグル先輩の耳がちょっとだけ赤くなっている気がするが、大丈夫、にこにこしてたらきっと怒られない。

そのあとも昼食は和(なご)やかに進んだ。

エレク先輩とジュリオが仲の良いかけ合いをしているのを聞きながら、俺はたくさんミルク

を飲んだ。

昼食後に先輩方と別れ、ジュリオと一緒に音楽室へと向かう。この学院には音楽室が5つほどあり、事務局でお願いすれば使わせてもらえるのだ。貴族のお子様たちなので、楽器自体を持参していることもあるが、据え置きのピアノなどは学院のものを使う。

ジュリオは音楽室に入ってすぐに、ピアノの調律をしてから弾き心地を確かめていた。指先から紡がれる音には、弾けるような力強さと自由が溢れている。

俺は渡された楽譜を見ながら、ハミングで音を取っていく。まるで新芽が開くような瑞々しさを感じる。ひとつひとつの音の調和と不調和が、俺の身体の隅々まで響いてくる。

ジュリオのピアニストとしての才能は本物だ。そう感じさせるほどの音を奏(かな)でている。同じ曲を俺が演奏しても、こんなふうには弾けないだろう。それに加えて、作曲にも天才の片鱗がある。一度開花すれば、とんでもない音楽家になりそうな予感をひしひしと感じる。ともすればその力強さに押し潰されそうなほどだ。

気付けば閉じていた唇が開き、俺は歌っていた。もちろん歌詞はないのでスキャットだが。

1曲を通しで歌い終わった時の爽快感。まるで一人カラオケで喉が枯れるまでシャウトしたような満足感がある。

はぁ、と少し火照った顔を冷ますように大きく息を吐く。ジュリオのピアノで歌うのは、思っていた以上に心地よかった。

「……すごくよかった……」

語彙力の欠片も感じられない俺の感想に、ジュリオも満足そうに頷く。

「今までにない高揚感だ。メイリーネ、君、やっぱり歌の才能があるよ」

「うーん、ないと思う……」

だってチートが実装されていないんだもの。

実は音魔法というものを覚えている。覚えているが、これは風魔法の派生のようなもので、空気を音の速さで振動させて敵に当てる、という攻撃系の魔法群だ。決して歌がうまくなるような魔法ではない。

歌や音楽は好きだが、結局は下手の横好きの粋を出ないのだ。

俺の言葉に、ジュリオは片眉を上げただけで返事をしなかったが、すぐに新しい楽譜を出してきた。

「これは昨日作ったものだ。まだちゃんと組み終わっていないから後々編曲するけど、君が歌っていたどんぐりの讃歌に発想を得て作ってみたんだ」

どんぐりの讃歌ってなんだ。あれはどんぐり君がころころ転がって大変だね、って歌だぞ。

別に何も讃(たた)えてない。

微妙な気持ちになりながらも楽譜を受け取る。手書きの楽譜を読んでみると、どんぐりころころが全く違う歌になっていた。楽譜を見ただけでなんか麗しい。ジュリオにはどんぐりころころがこう聞こえたのか。お前の世界は麗しいな。

そのあと、どんぐりの讃歌を含めていくつかの曲を歌い、ついでに俺のヴァイオリンとジュリオのピアノで軽くソナタを演奏したりもして、楽しい時間を過ごした。

お茶会の時間だと言って音楽室を出ていくので、俺もジュリオと別れて図書館へと向かう。

その日はいくつかの魔導書と、数学者っぽい人が書いた連立方程式もどきのような数式の解説論文を読んで過ごした。


翌日は授業が休みなので、朝早くから冒険者装備に着替えて街へと転移。今日は朝市へ行く。こういうの、本当は領都で経験したかったんだけどできなかったし。これからどんどん街へ出ていこう。

王都の朝市は賑わっていた。商業地区にある屋台のような店が立ち並ぶ場所で、採れたての野菜や果物、肉類、あとは干物(ひもの)にした魚を買っていく。

どうやら王都の近くにある村から、毎朝荷車を引いて売りに来ているそうだ。朝採れの牛乳の他に、ヤギ乳も売っていたので買った。たくさん飲んで俺は大きくなるんだ。

あと小麦粉、この世界じゃ全粒粉が多いんだけど、ちょっと高級な穀物を売ってる店舗に行くと、白い小麦粉もあったので購入。たぶん栄養価を考えると、全粒粉の小麦のほうがいいんだろうな。一度飽食の時代を生きて死んだ俺としては、白いパンも食べたいので作るけど。

他に、家畜の餌を売ってる店にも行った。

米！　とうとう米を手に入れたぞ!!　今あるだけ買いたいと言ったら、店の人にドン引きされた。

米はタイ米っぽい細長いのから、日本米っぽいもの、あとは店の人が「もちっとしている」と言う、おそらく餅米っぽいものもあった。全部購入。これでピラフもパエリアも炊き込みご飯もお餅も作れちゃう。早く醤油と味噌を作りたい。

ついでにコーンも買って、次の店へ。

ここは歌う拳の料理担当、エマとアリスに教えてもらった店だ。裏通りにあるちょっと怪しげな店構えのここは、国外の珍しい香辛料やハーブなどを売っているらしい。朝一の開店時間を待ってから、恐る恐る入ってみた。

少し暗めの店内を魔導ランプがほんのりと照らしている。棚に置かれているたくさんの瓶には、知らない植物が入っている。乾燥して粉にしてあるものや、形がまだ分かるものなど様々だ。俺はカウンターの奥に座る老人のほうへと向かう。

「おはようございます。香辛料を探しているのですが、少し香りを確認しても構いませんか」

「いらっしゃい。もちろん構わんよ。どれ、出してあげよう」

老人は人当たりのいい笑顔で応じてくれた。瓶に入った香辛料について、輸入国や地方なんかも丁寧に説明してくれる。香辛料は、俺の知っているものもあれば、知らないものもあった。中でも砂漠の国であるエルシャ女王国から輸入された香辛料には、よく見知ったスパイシーな香りのするものが多かった。

クミンやカルダモン、クローブやローレル、ターメリックや唐辛子、ガラムマサラもあった。シナモンは高級品だったが、全部買った。これでカレーが作れるぞ。

たくさん売れてほくほく顔のおじいちゃん。同じく、ほくほく顔の俺。この店にはまた来よう。季節によって入荷する香辛料が変わるらしいので、どんなものが入荷するのか今から楽しみだ。

昼前だったので、どこかで昼食を食べるか、寮の部屋に戻って自分で作ったものを食べるか、迷いながら店を出る。そうしたらちょうど目の前に、見知った顔を発見した。

「こんにちは」

「ああ、メイリーネか」

イケメン眼鏡エルフのエイベルだった。コートの上から矢筒と弓を背負っている。

「今から仕事？」

「いや、終わったところだ。近くの村に依頼で出ていてな、今朝王都に戻ってきたんだ」

「そっか。お疲れ様」

エイベルはちょうどパーティメンバーと別れたところらしく、昼食に誘われたので乗った。

イケメン眼鏡エルフとランチなんて、断る理由がない。連れられて行った店は、どうやら宿屋兼食事処のようなところで、入るとウィルモット先生もいた。

「アラ、メイリーネちゃんじゃない。……ちょっとエイベル、貴方、手が早すぎるんじゃない？」

「そんなつもりで食事に誘うわけがないだろう。まだ子供じゃないか」

からかうようなウィルモット先生の言葉に、エイベルは鼻を鳴らして不機嫌そうに返した。

エルフからすると、50歳くらいまではまだ子供らしい。エイベルも知り合いの子供が1人で歩いていたから、昼食をごちそうしてあげよう、みたいな気持ちなんだろうな。でも自分で払うぞ。親の金だが。そのうち自分で稼ぐ方法も考えないとな。

昼食は、新鮮な野菜が多めのメニューだった。エルフは野菜好きみたいだな。森のエルフ自治区では、狩りもするから肉も食べるんだが、新鮮な葉物野菜が特に好まれるらしい。この店もエルフの客が多いのだとか。

サラダがどっさりと出たが、ドレッシングなんてものはなく、軽く塩が振られているだけだったのはつらかった。市場でレモンやグレープフルーツっぽい柑橘も売ってたし、玉ねぎもあるし、今度サラダ用のドレッシングを作ろう。俺は夏みかんのドレッシングとか好きだけどな。夏みかんっぽい品種があればいいな。これから冬になるけど。

「そういえば、陽の日は北の森に入ったんだろう？　どうだった」

「うん。薬草摘みに行ったんだけど、スライムとゴブリンが出た。ゴブリンって、図鑑で見るより小さいんだな」

「王都周辺のゴブリンだけだ。辺境のあたりに出るゴブリンはもっと大きいし、凶暴だぞ。群れも大きい」

なるほど。地域によって魔物の生態も違うのか。俺が見た図鑑は、もしかしたら辺境産のゴブリンだったのかも。

「この辺の魔物はあまり強くないが、北の森の奥に行けば凶暴で強い魔物もたまに出るから気をつけろよ」

「分かった。ありがとう」

なんだか近所のおじさんみたいに心配してくるじゃん。眼鏡で結構冷たい印象の目元をしているけど、面倒見がいいな。

そんな感じで、エイベル、ウィルモット先生とのランチを終えた。ウィルモット先生は王都図書館に行くそうだ。エイベルは宿で寝るらしい。

王都図書館は、市民なら誰でも利用可能で、預け金を渡せば借りることもできる施設だ。市民なら誰でもといっても、市民権を持たない貧民街の人は利用できないし、身なりが怪しいと入れない。ウィルモット先生が言うには娯楽図書が充実しているそうで、俺も興味がある。今度行ってみよう。そんなことを考えながら2人と別れ、寮へと戻った。

その日の午後はずっと錬金術と調薬をして過ごした。何も考えずに作業をしていて気付いたら、水糊とホウ砂が出来上がっていた。手が勝手にスライムを作ろうとしていることに絶望して、その日は寝た。


翌日は水の日。今日は午後から高等学術科の授業がある。午前中は部屋で本を読んで過ごし、少し早めの時間にサロンへと昼食に向かった。

部屋を出たら少しだけ周りがざわついている気がしたが、いつものことなので、深く考えずに寮を出た。

サロンにジュリオはいず、1人で昼食を食べる。どうせ徹夜でもしているんだろう。数と音楽についての本を紹介したから、夜通し読んでいたのかもしれない。ジュリオは教養の授業以外は取っていないと言っていたし、大丈夫だろう。音楽の先生の研究室に誘われているけど、迷っているとか。

昼食の間、いつもの俺への注目がどうも少し和らいでいる気がして、身体強化で聞き耳を立ててみた。居心地の悪い視線を感じないどころか、食事をしている生徒たちがどこかソワソワしている。

『それで、大丈夫だったのか？』
『神殿に運ばれ、一命は取り留めたって』
『騎士科の先生がポーションを用意していてよかった』
『なんでも、先輩からの可愛がりだったたって』
『毎年騎士科はそうよねえ』
『でも、今年の1年は恐ろしいな、やり返すにしても殺しかけるなんて』
『神殿騎士の見習いだっていうし、学院側も強く出られないのではないかしら』

どうやら昨日の騎士科の授業で、クラウスが上級生と試合をして大怪我をさせたらしい。そう、あの宗教勧誘少女にくっついていた、エメラルド色の髪と深い緑の瞳の、聖オルドネイト自治区から来た男だ。

この時代、宗教は政治に深く介入している。各国の王家はもちろん、国が運営するここのような学院も、教会の圧力を受けざるを得ないのだ。問題を起こした生徒がいても、よっぽどでなければ事故で片付いてしまう。

まあ俺は無関係だし、どちらかといえば俺からそっちに話題が移ってくれて、助かってはいるが。

そんなことを考えながら昼食を食べていると、サロンが不意にざわめく。注目が集まっている入り口を見ると、アマリリスとクラウスが連れ立ってサロンへ入ってきたところだった。

ひそひそと話し声が聞こえる中、2人は堂々と背筋を伸ばして歩いている。俺はそれを見ながら急いで昼食を終え、サロンを出た。せっかく話題に上らなくなっているというのに、話しかけられて注目されたくないのだ。

昼食をさっと終えたので時間が余ってしまった。少し早いけど、もう教室へ行こう。高等学術科の今日の授業は、天文学の続きだ。3回の天文学を経て、占星術の授業へと移行するらしい。楽しみだ。

教室に入ると、生徒はまだ1人もいなかった。その代わり、ランターニオ先生がすでに来ていて、教壇の前で何やら準備をしていた。

「こんにちは、ランターニオ先生」

「メイリーネ・ラスティル、挨拶は結構だ。さっさと席に着きたまえ」

今日もめっちゃ機嫌悪いじゃん。

俺は笑顔を崩さないように気をつけながら、はい、とだけ返して自分の席に着く。授業が始まるまでまだ時間があるので、天文学の教科書を開いて読み始めた。

教科書には、季節の星座と、神話のようなその由来や解説が書かれている。美しすぎる花が神に愛されて星座になったとか、薬効の素晴らしい草が神に認められて星座になったとか、だいたいそういう感じだ。多くの植物が星座になっている。

逆に動物や鳥の星座なんかはあまりない。魔物も星座化はしていない。そういう星座は、2つめの見えない月の側に存在するのだそう。見えない月はこの世界に魔力を満たし、そして引き出す存在なので、見えない月側の星座には魔物が結構いる。

そんな解説を読んでいたら、いつのまにかランターニオ先生が俺の前に立っていた。獣のような金色の瞳が、今日は蔑むように俺を見下ろしている。

「……今年の1年生はどうにも問題児が多いらしいな」

なんの話をしているのかはすぐに分かった。あれだけサロンで話題になっていたんだ。教師陣が知らないわけはないだろう。

「君のような問題児ばかりだと、私の授業の妨げになる」

クラウスの話かと思ったら、俺の話だった。いや、俺が問題を起こしているわけじゃないぞ。だいたいは他の生徒のせいじゃん。主にダグナーとかいう奴。

「少なくとも、私の授業では絶対に問題を起こすな。いいな、メイリーネ・ラスティル」

あまりにも理不尽だが、わざわざ言い訳をする気も起きない。たぶん教師からしたら、誰が問題を起こしたかは関係ないのだろう。

俺は目を伏せて目礼するだけにとどめた。

その後、先生は教壇にさっさと戻り、また無言の時間が続いた。俺は気にせずに本を読み、気付いたら他の生徒がちらほらと教室に入ってきていた。

ダグナーにまた話しかけられるのかと思ったが、こちらには近付こうとせずに自分の席に着いている。ランターニオ先生がいるせいかもしれない。助かった。

「では授業を始める」

授業開始の鐘と共に、ランターニオ先生がそう声を出す。低いバリトンの響きで、教室のざわめきがすうっと消える。

「優秀な諸君らは先週の授業を覚えていることだろう。そして当然、言われたことができているはずだ」

ランターニオ先生の星座解説が始まる。星座の位置や意味などは、後々受ける占星術の授業で必要になるらしい。なんでも紅茶占いを含め、色んな種類の占いがあるとか。魔力がある世界なだけに、地球じゃ眉唾(まゆつば)もののそれも本当なのかもしれない、と考えるだけで楽しみすぎる。

「では、星座図を北から順に答えなさい。メイリーネ・ラスティル」

「はい」

ランターニオ先生が教壇に張り出した大きな星座図を棒で指し、示された星座とまつわる神話を答えていく。このあたりは図書館で調べ尽くして、完璧に頭に入っている。

そういえば、紅茶占いでは、これらの星座がいくつか彫られた専用のカップを使うのだとか。ソーサーにも星座と方角があり、カップとソーサーの位置関係によっても、占いの結果が左右されるのだ。こればかりは図書館で解説本を読んでも意味がよく分からなかった。どの本も装飾過多な回りくどい文章で書かれていて、なんだかスピリチュアルな話だなという印象しか抱かなかった。

理解できないからこそ気になるもので、俺はランターニオ先生に次々指される星座を答えながら占星術に思いを馳(は)せ、授業を過ごした。

授業の途中、ランターニオ先生は生徒全員を見渡し、それから俺に睨むような視線を向けてきたが、特に何かを言われるわけではなかった。先週から分かっていたが、どうもランターニオ先生には嫌われてしまったみたいだ。俺がいると問題が起こるからなんだろうけど。俺は結構、先生の授業が好きなので、残念だ。

ランターニオ先生の授業は教養の授業と違い、理路整然としている。要点や教科書に載っていない部分の解説、曖昧な仮説の補足などが分かりやすくて、聞いていてとても学びがある。

ランターニオ先生自身がかなり優秀だと窺えるし、生徒向けの噛み砕いた説明も上手だ。これであの怖い顔さえなければ理想の教師なんだが。

高等学術科の授業が終わったあと寮に戻ると、寮の事務員に声をかけられた。

「メイリーネ・ラスティル様。手紙が届いています」

「ありがとうございます」

真っ白で上等な封筒を受け取り、裏を見てみると、差出人のところにラスティル家、ハインツと書かれていた。

9章　ポーションとストーカー

手紙を持つ指先が震えなかったのを褒めてほしい。俺は無意識に詰めていた息を、ふぅ、とゆっくり吐き出す。差出人を見た瞬間、急に手紙が重くなった気がした。

この手紙をすぐに開封したい気もするし、ずっと読まずに眠らせておきたい気もする。

内容は単に入学後の様子の確認だと思うが、それだけじゃなかった時に、どう反応したらいいか分からない。まだ心の準備に時間がかかりそうなのだ。

入学してからなんだか色々あったが、まだひと月も経っていないんだ。

とりあえず、夕食までには時間がある。読むにしても読まないにしても、部屋に戻ろう。

そう思って廊下を抜けようとしたところで、後ろからぐっと肩を掴まれて身体が跳ねた。しまった。手紙に気を取られて油断していた。

いつもなら自室以外では、誰かが近付いてくると分かるように気配察知を使っている。膝を少し曲げ、いつでも後ろに飛べるようにして振り向くと、そこにはクラウスがいた。緑色の感情の薄い瞳が俺を見下ろしている。

「ラスティル卿、少し話がある」

俺にはないんだけど。

なんだか嫌な予感がするんだよなあ。できれば断りたい。というか自室に逃げ込みたい。でも肩をがっちり掴まれている状態で逃げるのもな。

「……なんのお話でしょうか、ワーグナー卿」

「込み入った話になる。場所を変えたい」

俺は変えたくないぞ。

この男と2人きりになるのは避けたい。そんなことをしたらまた明日から噂の的だ。寮に戻ってくる1年生の男子生徒たちに、さっきからめちゃくちゃ見られてるし。

俺が黙ったままでいると、クラウスはひとつ息を吐き、俺の肩を離した。

「……談話室でどうだ。通常、男同士ならそうではないが、卿は2人きりで密室に入るのは外聞がよくないだろう」

は？　外聞よりも、お前と密室で2人きりになることの危機感のほうが強いんだが？

とはいえ談話室なら、他の生徒の目もあるし、面倒なことにはなりにくいだろう。俺は少し考えてから頷き、クラウスの後ろについて談話室へと向かった。

初めて入った談話室は、いくつかのソファとテーブルが置かれ、壁に書棚が1つあるだけの広い部屋だった。寮の部屋にはない暖炉もある。生徒の数はそう多くなく、俺たちが入室すると探るような目を向けられ、静かになった。

俺たちは壁際のソファ席に向かい合って座った。ここなら身体強化を使っているわけじゃない限り、大声で話さなければ内容を聞かれることはない。ただしジュリオは別だが。あいつの耳はおかしい。

「……それで、ワーグナー卿。どのようなお話でしょう？」

「単刀直入に言う。神殿で秘匿されているポーションの作成方法を教える。代わりに、出来上がったポーションを1つ譲ってほしい」

ん？　ポーション？

宗教勧誘かと身構えていたが、なんだか話が違う方向へ行ってるぞ。というか、そもそもポーションの作成方法は、ウィルモット先生に教えてもらって知ってはいるんだが。実はエルフ方式と神殿方式で作り方が違うとか？　それなら興味がなくもないが。

「どうしてポーションが必要なのですか？　神殿関係者であれば、入手は難しくないはずでしょう？」

「魔力量が12あれば、効果の高いポーションを作れるかもしれないからだ」

ん？　俺のポーションを何に使うのかが知りたいんだけど。なんだ？　うまくはぐらかされたか？

「効果の高いポーションなんて、何に使うのですか？」

「……俺が怪我を負わせた生徒に、後遺症が残るかもしれない」

少しだけ声を潜めてクラウスがそう言う。なるほど、その後遺症を神殿のポーションじゃ治せなくて、それで俺の作ったポーションが欲しいと。ということは、やっぱり不慮（ふりょ）の事故だったんだな。まあ好き好んで相手を半殺しにする奴なんかいないだろう。特にこの貴族の子供しかいない学院では。あとから起こる面倒ごとのリスクが高すぎるし、そこまで教育が行き届いてない子供はそうそういない。

あれ？　でも俺はポーションよりも、治癒魔法のほうの効果が強いんだけど、神殿の光魔法持ちは違うのか？

どっちにせよ、この取引を受けるわけにはいかないけど。

「ポーションの作成方法は教会の秘伝だ。光魔法を持つ卿にとっても、悪い取引ではないだろう」

いや、もう知っているし。ていうか、神殿より効果の高いポーションを作れるなんて知られたら、それこそ今後の生活に支障をきたす。見ず知らずの他人のためにそんなリスクを負う気にはならない。

俺は領の屋敷で神殿のポーションを入手して、自分のポーションと比較したことがある。豚司祭を追い払ったあと、神殿が騎士団にポーションを卸してくれなくなった場合、俺が作らなくてはと思っていたからだ。幸い神殿はなぜか、それまで通りの取引をしてくれたが。

その時の効果を見る限り、ウィルモット先生のレシピで作ったポーションのほうが効果は高かった。聖水に込める魔力の密度で効果が決まると、先生は言っていたかな。

よって俺にとって、神殿のポーション作成方法を知る必要は今のところない。知ったところで僅かな知的好奇心が満たされるだけだ。

うん、断ろう。

「生憎ですが、今のところ必要ありません。それは私に利のない取引です」

「なぜだ。光魔法の適性を持っているなら、ポーションの作成方法を知り、力を行使するのは当たり前のことだろう」

いや、当たり前じゃないぞ。それによって起こる面倒ごとの後始末を誰がするかといえば、俺本人と家族だ。お前が責任を負うわけではないだろう。こんな利のない取引に俺が応じるわけがないんだよな。

うーん、と唸りながら視線を泳がせると、いつのまにか談話室の入り口に人だかりができていた。1年の男子生徒たちが恐る恐るという感じで、こちらの様子を窺っている。その中にはジュリオの姿もあったが、俺と目が合ったらすぐに後ろに下がっていった。

あっ、あいつ逃げたな。俺の助けを求める視線を無視して。

まあいいか。強引な宗教勧誘じゃないし、普通に断ろう。

「ええと、まず、相手の望みを勝手に決めつけるのはよくないと思います」

俺がそう言うと、クラウスは無表情のまま少しだけ首を傾げた。感情表現に乏しいクラウスのその様子が、少しだけ可愛く思えた。本当に少しだけ。基本的には無表情の大男で、全然可愛くない。

「貴方が本当は彼を傷つけたくなかったのかもしれないように、私もポーションなどを本当は作りたくないかもしれない、ということです」

それによって起こる面倒ごとのほうが大きいからね。俺は埋没していたいの。あとから秘伝のポーションの作成方法を盗まれた！　とか言いがかりをつけられて、拐かされたり囚われたりするリスクが高すぎる。

俺の言葉に、クラウスは少しだけ目を見開いて息を飲む。どうやら驚いているようだ。思ったよりは無表情じゃないな。話してみると、意外と感情が豊かなタイプなのかもしれない。

「なので、この話は終わりです」

「……待て、ラスティル卿」

席を離れようとすると、クラウスは立ち上がって俺を引き留めようとした。いや、もう話すことないんですけど。

腕を掴まれそうになったので、さっと身を引いて避ける。さてどうやって逃げよう、と思ったところで、目の前に青い制服の背中が現れ、クラウスとの間に立ち塞がった。

「失礼、ワーグナー卿」

ジュリオだった。あれ、さっき目が合って逃げ出したんじゃなかったか。

ジュリオは俺を背に庇い、クラウスと睨み合っていた。

「彼とはこのあと約束があるのです。そろそろ夕食ですし、失礼させていただきます」

それだけ言って、俺の手を引いてさっさと談話室から連れ出す。すごい。いつもの音楽オタクじゃないジュリオだ。もしかして、お嬢様とのお茶会だとこんな感じなのか？　これは音楽のために、いくらでも恋ができちゃうんじゃないか？　立派なスケコマシだ。

そう思っていたのに、食堂の隅の席まで来た途端、ジュリオは半分白目を剥いて青い顔を俺に向けた。

「君のせいで寿命が5年ほど縮んだ。責任を取って、僕がいびられないように守ってくれ」

いつもどおりのジュリオだった。俺はそれがなんだか面白くて笑ってしまう。

「俺、自分がいびられないように逃げるので精一杯だから。新しい曲で我慢してくれ」

「ああ、そっちのほうがいいな。君の曲が聞けるなら、いびられるくらいは我慢しよう」

いいのかそれで。じゃあ、アン◯ンマンのマーチでも今度編曲して聞かせてやろう。

その日はジュリオと2人で夕食を済ませ、食堂で別れて自室に戻った。

結局、クラウスは追ってこなかった。

自室に戻って鍵を閉めてから、ゆっくりと息を吐く。外はもう暗くなっている。机の上にある魔導ランプを点けて椅子に座り、白い封筒をポーチから取り出した。寮事務室で受け取った、ハインツからの手紙だ。

よし、開こう。

俺は少しだけ意気込んで手紙を開封した。

白い便箋(びんせん)には、丁寧な文字が綴(つづ)られていた。時候の挨拶から始まり、お手本のような貴族的言い回しで、不都合がないかとか、不足しているものはないかとか、週末にはたまに帰ってきてはどうか、というようなことが書いてある。あと侍女長と父が会いたがっているとも。

最後は、便箋の2枚目に、学院関係者の派閥やその他の情報を記載しておくという文字で締められていた。

なんだかいつも通りのハインツで肩の力が抜けた。もう少ししたら、屋敷に顔を出すのも悪くないかもしれないな。今はまだハインツの顔を見るには勇気が足りない。侍女長と父には少しだけ待ってもらおう。

その日は寝るまで、ウィルモット先生にもらったポーション作りの資料を改めて調べていた。

翌日、木の日は授業が休みだ。朝起きてベッドの上で伸びをしてから溜息を吐く。さっきから部屋のドアの向こうに気配がある。今までドアの前で出待ちなんてされたことがないので、新しいなあと寝起きの頭でぼんやり考えていた。それも昨日話したばかりの見知った気配だ。

よし、風呂にでも入ろう。

俺はベッドから降りて、バスルームへと向かった。ノックをされても絶対出ないぞ。俺は今日1日眠っている設定にすることにした。バスタブに魔法で湯を張って、丁寧に時間をかけて髪から身体まで全身を洗ってからゆっくりと浸かる。

じっくりと身体全体が温まるまで浸かり、その後、普段はしないお肌の手入れなんかも丁寧にした。ボディローションなるものを作っておいたのだ。肌が若いので特に乾燥が気になったりはしないけど、でも日本で生きていた頃より気候が乾燥気味だし、もしものためにと作っておいたものだ。

それから髪をゆっくり乾かして香油で梳かして、いつもより時間をかけてバスルームを出たが、ドアの前にはまだ気配があった。

俺はげんなりして、冒険者装備に着替えた。

もう部屋を出ちゃおう。寝てるって設定で。そう思って街へと転移した。

街に出てからは、歩きながら朝食を食べる。異世界で生まれて初めての歩き食いだ。作っておいたサンドイッチをもぐもぐしながら商業ギルドへと向かう。ちなみにサンドイッチ、この世界では庶民が「挟みパン」と呼んでよく食べている。食パンの耳を落としたものに具を挟むものではなく、コッペパン型のものに肉を挟んで食べることが多い。野菜を挟むのは稀だそうだ。俺の今日のサンドイッチは地球型だ。スライスした玉ねぎや葉物野菜をたっぷり入れ、謎の魔鶏(まどり)のもも肉を焼いたものにケイジャンソースをかけ、ゆで卵のスライスとマヨネーズを入れている。ボリュームがすごいが、今日は特に誰も見てないし、大口を開けてもぐもぐ。貴族のお坊ちゃんになると、食事の際の口の開け方まで指摘されがちなのだ。

商業ギルドは、冒険者ギルドの向かいにある。中に入ってみたらこっちも役所みたいになっていて、カウンターに並んで用件を伝える。

俺は冒険者証を見せて、工房の見学と貸工房を希望する旨(むね)を伝えた。担当の女の人は快く受けてくれた。どうやら工房の働き口なんかを探すために、10歳から15歳くらいの子供がよく見学に来るらしい。俺もその1人と思われたようだ。とりあえず鍛冶工房と彫金(ちょうきん)工房の見学をお願いしたら、すぐに可能とのことで、午前中に連れていってもらうことになった。

同じ金属加工ということで、鍛冶と彫金の工房は同じ区画にあった。炉を使う鍛冶場は暑く、刃物を作る工程を見学したんだが、どうも鍛造技術はなさそうだ。日本刀はやっぱり自分で作るしかないか。それにしても素材をどう調達しよう。

この世界の金属は俺の知ってるものの他、初めて見る金属がある。そう、ファンタジー金属だ。ミスリルやオリハルコンなんかもある。希少で高額だが。

鍛造で日本刀を作るなら、どれくらいの割合でどの金属を混ぜるかなども考えなくてはいけない。そのあたりは錬金術の実験で探していこう。純粋な金属よりも、混ぜたほうがいいものが出来上がるのは、地球の金属を見ても分かる。

そういえばこの世界、タングステンはあるのだろうか。ウォルフラムといえば結構ファンタジーでも出ている気がするが。

さらに彫金工房の見学も、とても有意義だった。細かな道具や、最近流行している柄や文様なんかを教えてもらったりした。

実は白檀っぽいいい香りの香木が収納に眠っているから、板扇でも作ろうと思っていたのだが、透かし彫りの柄をどうしようか悩んでいたのだ。彫金工房で使われている柄に似た感じにすれば、この世界でもあんまり浮かないだろう。ネコチャン柄とかにしなくてよかった。

戦闘用の魔道具として、鉄扇を作るのもいいかもしれない。帯刀できない公式の場などでも扇子は携帯できることが多いので、もしもの時のために。扇子は貴婦人やご令嬢がよく持つが、もう俺はいいだろ、持っても。なんだか開き直りつつある。

何せ同性と2人きりで密室に籠もると、外聞がよくないだろうとか言われたしな。もう知らん。

工房見学を終え、貸工房に案内してもらう。何種類かある貸工房の中で、今日は大きめの台所を借りた。鍛冶や彫金の工房は、道具や素材なんかがまだ揃ってないからな。

「では、夕方になったらお迎えに上がります。その時には工房の状態を元に戻しておいてくださいね」

そう言って、お姉さんは商業ギルドに帰っていった。よし、久しぶりの錬金術クッキングだ。

今日は新しい食材も大きな台所もあるので、たくさん作り溜めておこう。

まずは時間のかかるパンとご飯だ。

パンは、白い小麦粉を使った食パンからコッペパンまで、まとめて作ってしまう。クロワッサンやデニッシュ系のパンも作っちゃうぞ。パン焼き窯が結構大きいのでまとめて作れるのだ。チーズもあるし、ピザも作れる。屋敷の工房じゃ竈なんてなかったし、存分にパン欲を満たそう。

次にご飯。そう、念願のご飯だ！

試しに少量を炊いて、水の加減なんかを調節していこう。栗っぽいものがあるので栗ご飯もできるぞ。ああ、ここまで考えると、どうしても醤油と味噌が欲しいな。醤油があれば、鰹節っぽいものや乾燥昆布っぽいものもあるので、炊き込みご飯が作れる。それに味噌汁！　絶対に味噌汁は欲しい。

よし、今度王都近くの農家に行こう。絶対だ。そして麹菌を手に入れるぞ。

その他、餌屋で買ったコーンを魔法で粉々に砕いて、生クリームとコンソメでコーンポタージュを作ったり、ロールキャベツを作ったりした。

あと、歌う拳と森に行った時にイノシシのジビエ肉を分けてもらっていたので、それもハーブと塩で焼く。

そんなこんなで、夕方に商業ギルドのお姉さんが迎えに来るまで、大量の料理を作って収納した。これで1年くらいは食堂に顔を出さなくても生きていけそう。そういうわけにもいかないから、一応学院の食堂でも食べるけど。

ほくほく顔で寮の部屋に転移で戻ると、まだドアの向こうに気配があった。

えぇー……ま、まだいる。もしかしてずっといたのか？　勘弁してほしい。もうポーション作成の話は断っただろう。

出ない、俺は部屋を出ないぞ。丸1日寝てる設定にしたんだからな。部屋のドアには結界の魔法をかけている。ノックされれば衝撃で俺に分かるようになっているが、今日は日中一度もノックはされていない。つまり火急の要件があるわけじゃないはずだ。

俺はその日の夜、食堂に下りずに部屋で夕食を済ませ、白檀っぽい木を加工して、眠るまでを過ごした。


朝起きたら、ドアの向こうの気配はさすがになくなっていた。とうとう俺もストーカーを飼うことになったのかと焦ったが、諦めてくれたならよかった。

俺は風呂に入って身支度を済ませ、寮の食堂へと下りる。ちょうどジュリオが朝食をとっていたので、向かいの席に座った。

「おはよう」

「おはよう。君、よく部屋から出てこられたね」

「どうやら夜は、ドアと見つめ合うのを自粛してるみたいだな」

寮内では、すでにクラウスの出待ちが話題になっているらしい。これは食堂でもゆっくりしていられないな。

俺は出された朝食を、優雅に見えるように気をつけながら手早く食べた。食べ終える頃にはジュリオも食事を終えていたので、揃って寮を出て教養棟へと向かう。今日の教養の授業は王国史だったはずだ。

「出待ちの彼、どうも朝は学院の外の神殿でお祈りをしているらしいぞ。毎朝アマリリス嬢と通ってるって話だ」

信心深いな。さすがオルドネイトの名家出身。

そんなことを考えていたら、どうも学院の門からこちらへと走ってくる気配を感じる。今じゃ気配察知も魔力感知もかなり熟練度が上がり、それほど意識しなくても学院内の人の動きを感じ取れるようになっている。その気になれば王都全体を把握するのも難しくはない。

その気配察知が、教養棟に向かってものすごい速さで移動する存在を察知している。姿を見なくても分かる。クラウスだ。あいつはこの貴族の子供しかいない学院では珍しく、魔力感知で分かる魔力がほとんどない。たぶん魔力量が１か２くらいなんじゃないだろうか。

まずい。こっちに向かってくるな。

「ジュリオ、俺は逃げる」

「え？　どうしたんだい急に」

「授業が始まる直前に教室に入るから。それまでちょっと姿を隠してるな」

「……まさか、追いかけてきてるのか？」

ジュリオが訝しむように周りを見渡すが、まだ姿が目視できる距離にはいない。ただあの移動速度じゃ、姿が見えたらすぐに捕捉（ほそく）されそうだ。

学院の教師や生徒は優雅に歩いてばかりなので、走ればそれだけ目立つ。俺は早歩きでジュリオの前を通り過ぎ、少し離れたところで隠密を使って、木々が生い茂る庭に入った。

後ろで佇むジュリオに手を上げて別れ、木陰に入り、そのまま転移で部屋へと移動。収納しておいたフルーツジュースをぐいっと一気飲みして息を吐いた。

ふう、ここにいれば大丈夫だ。部屋は安全、安全。俺が馬鹿正直に鬼ごっこに付き合う必要なんかないのだ。

あとは授業開始の直前に、教養棟近くの人気のない場所に転移して教室に入ればいい。

それまで、俺は部屋で過ごした。俺が転移した中庭まで、クラウスらしき気配が真っ直ぐに走ってきていたのが怖かった。なんでそんなに俺のいる場所が分かるんだ？　勘か？　勘なのか？

俺はストーカーの恐怖に震えた。

その後、授業開始の直前に転移して、教室へ早足で駆け込んだ。クラウスもギリギリまで庭で俺を探し回っていたので、反対側の教養棟入り口を使った。

授業の王国史は、やっぱりバリ・トゥードおじいちゃんと前にやった勉強の復習だった。前の席に座るクラウスは、特に俺へ視線を向けることもなく、授業に集中しているようだ。

と思ったら、授業が終わった瞬間に振り向かれ、まるで獲物を見つけた獣のような目で俺を見てくる。俺はまたしても恐怖で逃げ出した。

走るのは優雅じゃないので、早歩きで。これは子供の頃にハインツに教えてもらった、優雅に見える競歩術だ。上半身をできるだけぶれさせずに、足だけで急ぐ。そして表情は必ずアルカイックスマイル。この表情が優雅に見せるコツだとハインツが言っていた。

周りの生徒たちが変な顔をする中、教養棟を出て物陰に入り、また自室へと転移した。今日はジュリオとサロンで昼食をとる約束をしている。ジュリオがサロンに入ったら、俺も転移で行こう。

それにしてもクラウスとかいうストーカー、こわすぎだろ。そこまで俺にポーションを作らせたいのか。絶対、嫌だぞ。でも、ずっとストーカーされ続けるのも耐えられない。うーん。父に相談するか……でもな、危害を加えられたわけではないし、強要もされていないんだよな、今のところ。

そんなことを考えながら、ジュリオの気配がサロンへ到着したのを確認して、転移で近くまで行って食堂に入った。窓際の席に着いているジュリオの向かいに座り、昼食を注文してから溜息を吐く。

「随分熱烈に口説かれてるね」

「そろそろ熱を出して寝込みそうだ」

「彼、どうも恐ろしい噂が多いから気をつけたほうがいいよ。ワーグナー家の次男だけれど、長男を半殺しにして次期当主の座を手に入れたって言われている」

「こわすぎ」

「それに、どうやら他にも秘密があるらしいよ。噂じゃ内容までは拾えなかったけど」

ジュリオは色んな令嬢のお茶会に出るので、噂話を耳に入れることも多いのだろう。お嬢様方はそういう噂が大好きだろうからな。

「部屋に籠もってても、ドアの前で待たれてたんじゃ出入りも自由にできないし」

「ああ、彼、寮の不文律を平気で破っているものな」

「え？　なに、不文律なんてあるんだ？」

ぼっち生活のせいで、そういう暗黙の了解とか、空気を読んで守る決まりなんかは全然知らない俺だ。もしかしたら、気付かないうちに破ってしまっているかもしれない。

焦って聞いた俺に、ジュリオはぼんやりとした表情のまま片眉を上げた。

「……君の部屋に近付かない、入らない。夜になったら、同じ階の廊下は必要以上に出歩かない」

「……」

なんだそのルール。

俺をぼっちにするための決まりにしか聞こえないんだが。

「寮の平和のためだからね。僕らは多感な年頃なんだ。だから君も、今後は湯上がりの火照った姿で食堂に下りるのは避けたほうがいい」

何が起こるか分からないから、なんて言われても笑えなかった。俺は微妙な気持ちで昼食のパンみたいな石を咀嚼(そしゃく)した。

「……そうだ、お茶会に来るかい？ ちょうどこのあと、2年のディアナ嬢が主催するお茶会に誘われているんだ。君の参加も僕がお願いすれば叶うだろうし、女性のお茶会に招待されていない男が入ってくるのはマナー違反だから、彼の熱烈なアプローチを避けられるぞ」

「……それ、俺が参加するのはマナー違反じゃないか？」

「僕の紹介があれば問題ないよ。それにディアナ嬢の主催するお茶会は、君を狙うご令嬢がいるお茶会じゃないからね。本人はもう婚約者が決まっているし」

「……お嬢様方の迷惑じゃないのなら」

「じゃあ、確認してくるから待っていてくれ」

ジュリオはそう言って席を立ち、サロンの他の席へと消えていった。

行くとは言ったが、ご令嬢とのお茶会なんて行って大丈夫だろうか。女性とのお茶会なんてそもそも、トルデリーデ先生とのお茶会の授業か、侍女たちとの刺繍兼騎士の愚痴お茶会しか経験がないぞ。

そんなことを考えながら食後の牛乳を飲んでいると、ジュリオが戻ってきた。

「参加は大歓迎だと言っていたよ」

「そっか。俺、ご令嬢とのお茶会なんて初めてだけど、大丈夫かな？」

そう言うと、ジュリオはにこっと笑ってひとつ頷いた。席に着き、紅茶を一口飲んで俺と向かい合う。

「大丈夫。君は難しく考えず、僕に身を任せてくれればいいさ」

あ、これ何か企んでるな。

なんだか嫌な予感がする。もしかして俺、早まったんじゃないか？

ジュリオの珍しいキラキラした笑顔を見ながら、早くも後悔し始めた俺だった。


「初めまして、メイリーネ・ラスティルです。本日は急な参加にもかかわらず、お席を用意いただき、ありがとうございます」

「ようこそ、メイリーネ様。気になさらないでくださいませ。ジュリオ様のご紹介ですもの。今日は楽しんでいってくださいね」

お茶会は、茶会棟の一室で行われていた。ディアナ嬢は中立派の子爵家のご令嬢だが、穏やかに俺を迎えてくれる。他のご令嬢たちも同様で、部屋に入ってきた俺を見てもギラギラとした視線を向けてはこない。

俺がほっとして隣を見たら、当のジュリオがギラギラしていた。え、なんかこわい。どうしちゃったの。

「お招きありがとうございます、ディアナ嬢。今日はよろしくお願いします。これは、ヴァイオリンの手習いのために作った曲です。よければお使いください」

「まあ、ありがとうございます、ジュリオ様。ジュリオ様の作る曲はとても素敵なので、たくさん練習して弾けるようになりたいわ」

どうやらジュリオは手土産(てみやげ)に楽譜を渡しているようだ。お茶会に招待された客は、何か手土産を持っていくのがマナーだ。それは茶葉や菓子など、その場で消費できるものだったり、ジュリオのようにその場で弾いて楽しむ楽曲だったりする。

俺は収納ポーチから取り出すふりをして、空間収納からパウンドケーキを取り出した。俺が作ったものだ。

「私からはこちらを。よければ皆さんで召し上がってください」

バスケットに入れて見栄えよくしてある。味見はちゃんとしていて、俺好みの、生地はしっとりしていて甘すぎず、ドライフルーツの甘みと酸味を楽しめるように仕上げた自信作だ。

「まあ、美味しそうなお菓子だわ。香りも素敵。メイリーネ様、ありがとうございます。お2人の席はこちらですわ」

そうディアナ嬢に言われて席へ向かおうとすると、ものすごく自然な仕草でジュリオに手を取られてエスコートされる。手慣れ方が13歳じゃない。いやもしかして、学院じゃこれが普通なのか？　俺、こんなに自然にエスコートできるかな。エスコートなんてトルデリーデ先生に教えてもらって、侍女長を相手に練習したくらいだ。

ジュリオのエスコートで席に着き、周りのご令嬢たちとにこやかに挨拶を交わしてお茶会に交じる。

「まあ、ではメイリーネ様とは音楽を通して仲良くなりましたの？」

「はい。彼の歌声はとても美しく、その紡がれる音がとても興味深かったのです」

「メイリーネ様は歌が得意ですのね。一度聞いてみたいですわ」

「そういえば、一の月にある芸術発表会にはお2人は出られますの？」

「今のところはまだ何も決まっていません」

ジュリオの音楽は、やはりご令嬢方にはとても人気があるようだ。確かに、あれだけ奏者の技術と作曲の才能があれば、多くの女性を惹きつけるだろう。俺もジュリオの曲は好きだしな。

芸術発表会というのは、一の月にある文化祭のようなものだ。ただし、発表するのは絵画や彫刻、音楽、演劇などの芸術作品に限られる。特に文化祭のように出しものがあるわけではないが、保護者や他の学院の生徒などが作品を鑑賞に来る。他には武闘会が五の月に、1年生は来月の十の月に宿泊訓練なんかがあり、意外とイベントが多い学院なのだ。まあ平時は驚くほど暇だしな。

俺はご令嬢とにこやかに受け答えしながら、紅茶を一口飲む。その時、俺が手土産にしたパウンドケーキが切り分けられ、各テーブルに配られた。

「まあ、とてもいい香り」

「こちらは、メイリーネ様がお持ちくださったお菓子ですわ」

「見たことのない形ですわね。パンのようにも見えますが……」

「でも、香りは甘やかですね。それに、干し果物が入っているようです」

まあパンと似たようなものだからな。この国で砂糖は高級品だ。ラスティル領を含む南の領地と、さらに南にある砂漠の国、エルシャ女王国のオアシスと山の一部でしか作られていないのだ。そのせいで砂糖といえば富の象徴になりがちで、菓子も砂糖の塊のような、甘ければ甘いほどいい、という風潮がある。この国で作られている菓子のほとんどが、クリスマスケーキに載っている砂糖でできたサンタクロース味なのだ。あんなのばっかり食べてられるか。俺はシフォンケーキやプリンだって食べたい。

俺がパウンドケーキをフォークで切り分けて口に運んだのを見て、周りのご令嬢方が同じように食べ始める。

「まあ、とても柔らかいですわ」

「それに、とろけるような食感……干し果物の香りもよく合いますわ」

どうやら概ね好評のようだ。隣のジュリオも、少し疑うような視線を向けてから食べたが、二口目以降の手が遅い。もしかしたら甘いものが苦手だったのかも。

「どう？　ジュリオ」

「うん、美味しいな。これなら僕でも食べやすい」

俺の問いかけに、ジュリオは取ってつけたような笑顔を向けてきた。なんだその嘘くさい笑顔。あんまり口に合わなかったのか？　こういうお茶会で出されたものは、周りの空気を悪くしないように、あまり美味しくなくてもそう言ったりしない。

口に合わないなら、ちょっと悪いことしちゃったかな。周りに合わせて食べてくれたんだろう。

そう思っていたら、さらりと前髪を撫でられた。

「そんな顔をしなくても、本当に美味しいよ」

「……そう？　無理して食べているんじゃないかと思って」

「君は気にしすぎだよ」

なんだか周りの視線が生温(なまぬる)い。こういう穏やかでお淑やかなご令嬢たちばかりなら、俺の学院生活も半分くらいは楽しめたんじゃないだろうか。残り半分はまともな男子生徒が必要だが。

「め、メイリーネ様！　大変失礼なのですが……この菓子はどこでお求めに……？　わたくし、このような素晴らしい菓子に初めて出会いました！　それで、あの……」

そう話しかけてきたのは、少し緊張した様子のご令嬢だ。少しぽっちゃりしていて、人のよさそうな雰囲気をしている。

「これは実家で用意してもらったので、どのお店の菓子なのかは分からないのです、すみません」

俺が作ったとは言えず、適当に誤魔化しておく。貴族のお坊ちゃんやお嬢ちゃんは普通、料理などしないのだ。

「まあ、そうでしたの……もし分かりましたら、また教えてくださいませ」

心の底から残念そうに言われる。そんなに美味しかったなら作った甲斐がある。俺は基本、1人でこっそり美味しいものを食べるのが好きだが、作った料理を褒めてもらえるのはちょっと嬉しい。もう10歳から作り続けて、料理の熟練度は6を超えた。最近はちゃちゃっと目分量で作っても美味しいものが出来上がる。チートには際限がないのだ。

「本日いただいたヴァイオリンの練習曲、よければ弾いてくださいませんか？」

「構いませんよ」

「ありがとうございます。本日のお茶会、ジュリオ様の演奏をとても楽しみにしていましたの」

「私もですわ」

ジュリオが立ち上がると、ご令嬢方から歓喜の声が上がる。モテモテだな、ジュリオ。けどあんまりこの音楽バカに夢中になってると、手酷い仕打ちを食らうので、みんな気をつけてほしい。何せ音楽のために恋をすると平気で言っちゃうような奴なのだ。

ジュリオがポーチからヴァイオリンを取り出し、少し離れたところに立つ。

ゆっくりとしたテンポで始まったのは、練習曲というだけに、技巧の習得にとてもよくできている曲だった。弦(げん)の震えが空気を伝って、じんわりと耳の奥へと落ちてくる。ピアノほどではないが、ジュリオはヴァイオリンもかなりの腕だ。

俺は周りのご令嬢たちと一緒になって甘やかな溜息を吐いて、ヴァイオリンの音色に聞き入っていた。

「困ります！　ご招待状のない方は……！」

そんなヴァイオリン鑑賞のひと時は、慌てたような声で破られた。同時に、カツカツと響く足音がして、茶会室の扉が勢いよく開かれた。

クラウスだった。

ご令嬢たちが小さな悲鳴と共にざわめく。俺が立ち上がろうと椅子を引くと、ディアナ嬢がその前に立ち上がり、クラウスの前に進み出た。

「困りますわ、ワーグナー卿。本日のお茶会は自由参加ではございませんよ」

口元に微笑を浮かべ、毅然とした態度でディアナ嬢がそう言う。いかにも淑女然としつつも、その強い瞳は、身体が大きくて威圧感のあるクラウスに少しも負けていない。

あ、いい女だな、と思った。

「……お茶会に乱入して申し訳ない、ディアナ嬢」

クラウスはディアナ嬢に貴族の礼を取り、向き合った。俺が前へと出ようとすると、隣に座っていたご令嬢が引き止めてくる。

「大丈夫ですわ、メイリーネ様。わたくしたちがお守りします」

「ええ、今日のお茶会には騎士科の者も何名かおります。メイリーネ様には指一本触れさせませんので、ご安心を」

いや、俺が守られるほうなの？　逆じゃなく？　さすがに、こんなたおやかなご令嬢たちに守られるのはいただけないだろう。そう思っていたら、クラウスが俺のほうへ視線を向けてくる。

「ですが、私はどうしてもラスティル卿に伝えねばならないことがあるのです。時間はかかりませせん、少しだけお話をさせていただけませんか」

クラウスの視線は強い。周りのご令嬢が怯えたように息を飲むのを感じる。俺は隣のご令嬢が引き止めるのも構わず、立ち上がった。

「皆様、ありがとうございます。ですが、これ以上ご迷惑をおかけできません。……ワーグナー卿、お話があるのでしたら伺います」

「メイリーネ様！」

「そんな、いけませんわ！」

悲鳴のような声でそう言われながら、俺はクラウスの前に出た。主催のディアナ嬢には一番迷惑をかけてしまった。あとでお詫びの品でも贈っておこう。何がいいかな。

「……分かりましたわ。ですが、このままメイリーネ様がワーグナー卿に連れ去られるのを黙って見ているわけにはいきません。ワーグナー卿、この場でお話しください。時間はかからないのでしょう？」

え、それはまずいんじゃないか？　十中八九ポーションの話だろうし、誰かに聞かれるのはまずいはずだ。ていうか、連れ去られるって何？　別に連れ込まれて乱暴されるわけではないだろう。ご令嬢方なら危ないかもしれないし、俺も止めるが、男だぞ、俺。

「……貴女と女神の慈悲に感謝を、ディアナ嬢」

クラウスはディアナ嬢に礼をしてから俺へと向き合った。

「ラスティル卿」

「……はい」

どうするんだ、と思っていたら、目の前に立っていたクラウスは跪いて俺の手を取った。

え？　なんで？

「貴方の言葉は私の蒙を啓いた。私に貴方の本当の望みを教えてほしい」

途端に周りから黄色い悲鳴が上がる。さっきまで穏やかにお茶を飲み、クラウスの乱入に怯えていたご令嬢たちの目が、いつのまにか爛々と輝いて見える。

え、なに？　こわい。

「貴方の望みを、私のすべてを懸けて叶えたいのです」

つまり、俺にポーションの対価を提示してくれ、と言っているわけだな。いや、今のところ欲しいものなんてないんだけどな。現状で充分満足している。今後一切、教会が俺を勧誘しない、関与しない、なんて取引なら応じても構わないが、そんなものクラウスの一存で決められるものでもないだろう。

俺が返事に困っていると、いつのまにか前へと進み出ていたジュリオが隣に立った。

「メイリーネの手を離してもらおう、ワーグナー卿」

「ジュリオ様！」

「ジュリオ様が……！」

「ジュリオ」

さらに上がる黄色い悲鳴。お茶会室は空前の熱気に包まれていた。

ジュリオに腰をぐっと抱き寄せられ、俺は薄い胸板に寄りかかるような格好になる。う～ん、モヤシだな。周りの男子生徒の発育がよすぎるせいで、ちょっと細すぎるんじゃないかと思ったが、よく考えたら俺といい勝負だった。

「メイリーネ、返事をする必要はない。君の望みを叶えるのは僕だ」

え？　何言ってんの？

さらに上がるご令嬢方の悲鳴。だんだん話についていけなくなる俺。

ていうか、ジュリオはポーションを作る話も、レシピの話も知らないはずだ。クラウスが話したとも思えないし、俺も話してない。なんでこの話に割り込んできているのか、全く謎なんだが。もしかして常軌を逸した聴力で、談話室での話を聞いていたんだろうか。

ジュリオに腰を抱かれたままじっと顔を見上げていると、取ってつけたようなにこっとした笑みを向けられ、頬を撫でられた。

「まあ、ジュリオ様ったら」

「大胆でいらっしゃいますわね」

「でも、メイリーネ様も、あのように受け入れてらっしゃる様子」

いや違う。あまりにも話についていけないせいで、どう反応したらいいか分からないだけなんだが。でもなんとなく分かってきたぞ。このお茶会に参加しているご令嬢、アレだ。腐女子だ。そうか、だから俺相手にギラギラした視線を向けてこなかったのか。

とりあえず俺は、クラウスに取られていた手を引いて戻した。クラウスは俺に視線を向けたまま、ご令嬢たちのちょっと方向性の違う熱い視線を無視して話を続ける。

「ラスティル卿、貴方の女神に誓います。私のすべてを懸けて全力で願いを叶えると」

白目を剥いて倒れなかった俺を褒めてほしい。

俺の心臓がもうちょっと弱かったら、このまま泡を吹いて気絶していただろう。

教会関係者の言う「貴方の女神に誓います」というのは、何をおいても必ずその誓いを優先する、という神への宣誓だ。もちろん強制力があるわけじゃないが、信心深い教会では、これを破るのは死と同時でなければならないとされている。つまり死んでも守る誓いってことだ。

そんなもの俺に誓わないでほしい。

もう、このクラウスとかいう奴、どうなってるの。

俺がいっそ泣きそうな顔をしていると、ディアナ嬢が俺たちの間に立った。その顔は先ほどよりも随分と機嫌がよさそうで、まあ有り体に言うとめっちゃ嬉々とした目で俺たちを観察している。

「……お二方のお気持ちは分かりました。ですが、今すぐにメイリーネ様に答えを求めるのは酷というもの。本日のところはこれでお引き取りくださいませ、ワーグナー卿」

いや答えろって言われても困るんですけど。まずジュリオの行動が意味不明だし、クラウスの誓いも意味不明だし、お嬢様方の反応も予想外すぎて怖いし。

俺が何も返事をしないのを確認すると、クラウスは俺の前から立ち上がってディアナ嬢へと礼をした。

「本日はこれで失礼します。ラスティル卿と話をする機会をいただき、ありがとうございました。後日改めてお詫びとお礼をさせてください、ディアナ嬢」

そう言うと、周りに視線も向けずにさっさとドアへと向かい、お茶会室を出ていってしまった。パタリ、と扉が閉じたあとに、一瞬の沈黙が落ち、そのあと大きな悲鳴のような、歓声のような声が部屋中から上がる。

「とても素敵な誓いを聞いてしまいましたわ。まるで演劇のようではありませんか」

「ですがジュリオ様も負けてはおりませんわ。あのようにメイリーネ様の信頼を得ているのですもの」

そんな声が至るところから聞こえる。俺を抱いたままのジュリオを見ると、しれっとした顔でご令嬢方の声を受け止めていた。

「……少し事故がありましたが、お茶会を続けましょう。メイリーネ様にとってはとても重い出来事です、皆様、ご配慮をお願いいたしますね」

ディアナ嬢の言葉で、ご令嬢方の声が穏やかなものに戻っていく。俺はジュリオにエスコートされながら席へと戻り、改めて謝罪を述べた。

その後のお茶会は和やかに進み、穏やかに終わった。クラウスとの事情を根掘り葉掘り聞かれるわけでもなく、お茶の話題や刺繍の話題、あとは音楽の話しか出なかった。

ご令嬢の１人が文筆家を目指しているという話を聞いたが、どんなものを書くのかはこわくて聞けなかった。

外伝　手に入れたいもの

「わたくしが秘められし花の守り手であることを突き止められたとは、さすがジュリオ様、と言わざるを得ませんわ。ですが、我ら秘花の守り手は、志を同じくする者以外の方へ、秘花の作品を公開しておりません」

「それは、女性でなければいけないということでしょうか？　秘められし花とは、求める者すべてに花開く愛の芸術である、と聞いたのですが」

僕がそう言うと、ディアナ嬢はクスリとたおやかな笑いを溢し、穏やかな声音で言葉を続けた。昼の東屋には他にも数人の女生徒が集まり、心地よさそうな秋の風と共におしゃべりを続けている。

お茶会棟にほど近いこの中庭は、2年生の女子寮からの距離もほどよく、ディアナ嬢が数人の女生徒とよくお茶をしているというのは聞いていた。派閥や家格などにかかわらず、幅広い女生徒と交流するお茶会は比較的珍しい。その中でもディアナ嬢はさらに珍しく、婚約者以外の男性とはお茶をしない。

「ジュリオ様、秘花とは己の心の中に芽生える花ですわ。ジュリオ様がそれを求める時、自ずと心の中心に蕾が現れるものなのです」

「恋の多いジュリオ様のことですもの、きっとその花を見つけることができますわ」

ディアナ嬢の隣に座る2年生のご令嬢がそう言う。このご令嬢は確か、僕が仲良くしているご令嬢の友人だったはずだ。僕が彼女と逢瀬を重ねていることを言っているのだろうと、すぐに分かった。

だがディアナ嬢の言っていることは、僕には半分くらい意味が分からなかった。恋を花に例えているというだけなら、僕はすでに有資格者ではないだろうか。

僕はただ、知らない楽譜があると聞いて、その音楽をどうしても手に入れたいだけなのに。

この学院に入学する前から、女性とのお茶会の席では度々、「乙女に守られし秘花」という、暗号のようにも取れる言葉がまことしやかに囁かれていた。それが女性の作り出した、女性の鑑賞を目的とした芸術作品であると聞いたのは、どこのお茶会でだったか。愛を主題に作られた音楽もあり、それが女学生によって学院内で守られていると噂で聞いてからは、入学したら必ず探し出そうと決めていた。

愛は、この世界に満ちるあらゆる音から溢れている。庭を彩る秋の草木のさざめきや、例えばなんてことのない、羊皮紙に字を書く音や、座った時の椅子の軋みにも、愛はある。中でも恋をする乙女の立てる音が一番愛をよく響かせるので、僕はご令嬢との恋に耳を澄ませ、その感情の流れに聞き入った。その音たちを音楽へと昇華するのが、僕の人生のほぼすべてといっていい。だからこそ、乙女に守られし秘花の楽譜が欲しい。乙女たちが紡ぐ音楽がどんなものなのか、どうしても聞きたい。

だが、ようやく秘花の守り手がディアナ嬢だと突き止めたのに、どうやら今日は楽譜を手に入れることはできないらしい。ディアナ嬢の感情は、僕に対して完全に遮蔽されている。これでは正面から攻略するのは、とても無理だ。

ディアナ嬢は婚約者との仲も良好だと聞くので、あまり距離を詰めすぎるのも外聞がよくない。婚約者のいるご令嬢との密やかな恋もいいものだけれど、今この東屋には僕とディアナ嬢の他に、2年生の女生徒が2人いる。密やかな話にはならないだろう。

「ジュリオ様、これまでも度々お茶会でお話ししておりましたが、せっかく学院にご入学されたのですもの、学院の中にある他のものにも目を向けてみるのはいかがでして？」

「ええ、我々が守る秘められた花は、ジュリオ様のごくごく身近にあるのかもしれませんわよ」

「……それは一体どういうことでしょう？」

己の心の中に芽生えると言ったその口で、今度は外へ目を向けろ、と言われても困る。もしかして僕は、ディアナ嬢に遊ばれているんだろうか。翻弄されるのも悪くはないが、それならばいっそ、前後不覚になるくらい振り回されるほうが僕の好みだ。ディアナ嬢の心は僕へは向いていない。別にそれ自体は気にしていないけれど、今回の場合、楽譜を手に入れるには不利だ。

「ふふ、ジュリオ様もきっと気付かれますわ。殿方の恋こそが、我々が守る秘花なのです」

「よければ今度わたくしのお茶会にいらしてくださいね。招待状をお送りさせていただきますわ」

……これは情報不足だな。一度出直したほうがいいだろう。

「はい。ぜひ参加させてください」

ディアナ嬢を含めたご令嬢方の穏やかでぴったりと閉じた音を聞きながら、僕は礼を取って東屋を出た。さくり、と踏んだ芝生が笑っているような音がした。


少し考えてから、中庭を抜け、騎士棟へと足を向ける。この時間ならエレク兄上が訓練場にいる頃だろう。学院内の情報を得るなら、3年も在学している兄に聞くのが一番だ。あの兄も僕の家族の例に漏れず、一筋縄ではいかない性格をしているが、平時は穏やかなので話をするには一番やりやすい。何か条件をつけられたら、その時は秘蔵のワインで手を打ってもらおう。兄上とはワインの趣味が合うから、こういう時には取引材料として役立つだろう。

騎士棟の中にはいくつかの訓練場があり、いつもエレク兄上がいるという、3年生が主に使う訓練場へと進む。来たことはないけれど、初日に配られた学院の見取り図では確かこっちで合っていたはず。騎士棟の中は人のざわめきが多く、雑多な音がする。騎士の出す音はいつも直情的で、剣の鍔迫(つばぜ)り合いなんかは一度聞くと、向こう1週間は聞きたくないくらい耳に残る。そんな音が遠くからも近くからも響いてくるけれど、汗の匂いが気になってうまく拾えなかった。

やっぱり騎士棟だな。男が多いだけある。

できるだけ呼吸を浅くしながら目当ての訓練場へ入ると、訓練着を着た何人かの生徒が剣の稽古をしていた。知っている顔も知らない顔もあったけれど、みんな3年生だ。

「あれ？　ジュリオじゃないか。どうしたんだい、こんなところまで来て」

後ろからかけられた声に振り向くと、エレク兄上がいた。ちょうど訓練場に来たところなのか、まだ練習着には土汚れがついていない。

「まさか騎士科に興味を持ったのかい？」

「そんなわけないだろう。僕のどこを見て騎士になれると思うの、エレク兄上」

隣にいるのはラサクア辺境伯の嫡男、イーグル先輩だ。エレク兄上が学院に入った当初から仲良くしている。弟として、何度かラサクア辺境伯家の茶会に参加したので、面識があった。

「はは、まあそうだよね。騎士になるにはちょっと厚みが足りないしね。僕に何か用かい？」

「そうだよ」

「エレク、俺は向こうへ行っているぞ」

イーグル先輩は僕とエレク兄上の話を聞かないよう、そう言ってくれる。印象通りの実直な音を鳴らす人で、変わり者のエレク兄上の友人でいてくれる貴重な人でもある。

離れていく兄の友人に僕は目礼だけを返し、エレク兄上へと顔を向けた。この掴みどころのない兄は、意外と情報通だ。僕の欲しい情報もきっと知っているだろう。何せ入学前から、僕がどのお茶会へ行ってどこのご令嬢と会っていたのかを、言わなくてもだいたい知っていた。ご令嬢にも恋にも興味がないくせに、お茶会へはそれなりに通っているし。

「それで、どうしたんだい？」

「兄上は、乙女に守られし秘花って知ってる？」

「うん？　まあ噂程度なら」

「秘花の情報が欲しいんだ」

僕がそう言うと、エレク兄上は珍しく、変な顔をした。同時に不思議そうな、どこか不規則で面白がるような音が立つ。普段から感情をあまり悟らせないこの兄が、心臓の音色と表情を僕に読ませるのはどういうことだろう。僕はおかしなことを言ったのかな。

「……あれは基本、男子禁制だって聞くけど」

「どうやら楽譜があるらしいんだ。どうしても手に入れたい」

僕がそう言うと、エレク兄上はどこか納得した様子で頷いた。

「それは……まあ、楽譜って聞けばそうなるか。でも難しいんじゃないかなぁ。特にお前は」

「それは僕が男だから？」

「いや、男に興味がない男だから」

「……どういうこと？」

「これ以上は有料だよ」

にこにこと笑ってそう言うエレク兄上に、僕は溜息を吐く。エレク兄上はもう少し弟に優しくしてくれてもいいと思う。とはいえ、いつものことなので、予め用意しておいた秘蔵のワインを取引材料にした。

「はは、やっぱり音楽のことになると相変わらずだね。そのワイン、誕生日にお祖父様からもらったものだろう？　１本開ければいい音楽が作れるって言って、せっかく大事に取っておいたのに」

「そう思うなら、素直に教えてくれればいいじゃないか」

「それとこれとは話が別だよ。……でもまあ、優しい兄は弟のためにワインは遠慮しておこうかな」

「……」

「そう警戒するなよ。僕も欲しい情報があるんだ。ジュリオも1年生の噂なら、多少は仕入れているだろう？　情報交換ってことで」

エレク兄上はそう言って、秘花の情報を教えてくれた。どうやら秘花というのは楽曲に限らず、絵画や小説、演劇や論文にまで及ぶ広い作品群を指すらしい。その作品たちをこよなく愛し、衆目（しゅうもく）に晒されないように守っているのが乙女、つまりご令嬢方だそう。

「秘花の作品っていうのは、ある固定された主題があってね。それが、男性同士の恋愛なんだ」

「……男性同士の恋愛作品をご令嬢方が守っているの？」

「そう。彼女たちの愛はとても深いよ。守り手として、秘花の作品に触れることができるのは女性か、もしくは男性を恋愛対象としている男性に限る、と制限までつけている」

……さすがにそれは無理かなぁ。僕、男には興味がないし。

男っていうのは、そもそも音楽に向いた繊細な音を奏でない。直接的で即物的な強い感情ばかりが表出する。下半身事情が女性とは違っているせいなのかもしれないけれど、それにしても攻撃的だったり、あるいは威圧的だったりする。その点、女性の感性はとても繊細で豊かで、そして美しい音を出す。僕はそういったもののほうを、音楽にするのが好きだ。僅かな感情の揺らぎを拾い上げて楽曲を作っていくのは、目に見えない彼女たちの心を形に留めているようで心地いい。

とはいえ、音楽のためにご令嬢を口説くのなら、楽譜のために男を口説くのも目指すところは同じだ。女性を好きなまま、男を口説いてしまえばいい。何も男性だけを好きになる必要はない。

「うーん、楽譜のためには男を口説かなくちゃいけないのか」

「あ、口説く気はあるんだ？」

「楽譜のためならね」

ただ口説くにしても、相手が問題だ。僕は男に興味がないし。汗の匂いが染み付いた訓練場を見回して、溜息を吐く。

「でもお前なら、やろうと思えばできるんじゃない？　相手がどう思っているかは、音を聞けば分かるっていうんだから」

僕は生まれつき耳がいい。不思議なことに、誰かが絨毯の上を歩く音や、その布が擦れる音や心臓の鼓動、筋肉の軋む音なんかで、相手の感情がなんとなく感じ取れる。対面して話す相手が僕をどう思い、どんな感情を向けているのか、貴族らしい貼り付けた笑顔の裏に隠された嘘が聞こえていた。幼い頃からそれを聞くことや、音楽へと昇華するのが楽しくて、今では作曲と演奏に傾倒している。

けど、男と恋愛をするなんて。今まで考えたことがなかったせいで、相手の感情をそういうふうに捉えたことはなかったな。まあ、これからゆっくり考えていけばいいか。

「……とりあえずありがとう。それで、エレク兄上が欲しい情報は？」

聞きたいことは聞けた。ディアナ嬢に認められさえすれば、楽譜は手に入るんだし、適当な男を探せばいいだろう。それよりも、エレク兄上の欲しがっている情報だ。まだ入学してからそう経っていないから、1年生には事実確認の取れていない噂が多い。兄上はどれくらいの精度の情報を欲しがっているんだろう。

「1年生にラスティル侯爵家の嫡男が入学しているだろう？　彼の情報は何かない？」

「え？　何かって……なんだか有名っていう噂以外は知らないかな。顔も覚えてないし男だからね。僕は興味がない。

教養科の授業は出ているけれど、どこのお茶会にも参加していないし、食堂やサロンでも見かけない、ということくらいしか分からない。

「……そう。まあ、あまり期待はしてなかったけど。何か分かったら教えてよ」

「分かったらね」

興味がないので積極的に集めることはないだろうけど。でも、その程度の情報で取っておきのワインを守れたのは大きい。今度は機会があれば、情報を集めておこう。ラスティル侯爵家の嫡男ね。あ、名前なんだっけ。

エレク兄上と別れ、寮へと向かう。今日は音楽室が使えないので、自室に籠もってヴァイオリンの練習をしよう。宮廷音楽家が作曲したというヴァイオリン曲の演奏が、ご令嬢方の今度のお茶会での要望だ。宮廷音楽なんてつまらない曲に僕は興味がないけれど、お茶会では人気がある。

まあ、そんなに難しくもないしね。ご令嬢方が練習して演奏を楽しむという点では、宮廷音楽はちょうどいいのかもしれない。

寮の自室へと入り、収納ポーチから愛用のヴァイオリンと楽譜を取り出す。王都で懇意にしている楽器屋で入手した楽譜だ。宮廷音楽は単調で穏やかな音階ばかりが続く、つまらない楽曲なのに人気がある。

さらさらと楽譜を流し見てから、弓を引いて弦を震わせていく。ただただ単調に心地よさだけを奏でるヴァイオリンの独奏曲は、眠気と戦うために作られたんじゃないかと思うほどに簡単でつまらない。宮廷音楽家たちは、胸をかきむしりたくなるような不快な音の果てに、得も言われぬ快感を伴う音が存在することを知らない。単調で浅い音階だけを繰り返す音楽で、その快感は得られない。

こんな曲が宮廷音楽なら、さぞ王宮の演奏会は退屈なんだろうな。僕ならもっとこう、芯(しん)が強くて不安定な足場から曲を作る。そうだ、編曲しようか。僕が編曲すると角が立つかもしれないが、どうせお茶会で演奏するだけだ。

まだ10歳の頃、家に来た宮廷音楽家が僕の作曲した楽譜を見て、目を剥いて怒って帰っていったことがある。その時に、この悪魔め、というようなことを言われたような気がするが、そんな音楽家が作った曲なら、僕がちょっと好きにしたって構わないだろう。

ヴァイオリンを仕舞い、インク壺と羽ペン、新しい紙を取り出して、頭の中で考えた音を書き留めていく。楽譜に集中し始めると、周りの音がより鮮明に、それでいて雑音の一切は遮断されたような状態になり、僕は聴きたい音だけを聞いて過ごすことができる。今、この瞬間だけが悦(よろこ)びだ。

欲しい音、求める音を、夢中で書き殴っていく。インクが羽ペンから滴(したた)って紙が汚れるけど、そんなことも構わず音を書き留めていく。インク溜まりも無視だ。ただ音を紙に残すことだけに集中する。

そうして出来上がったものをさらに洗練させ、それをまた絞っていく。何度も何度も繰り返す。僕の耳が満足するまで。

そうして編曲が終わった時には、もうすでに翌朝になっていた。

しまった。夕飯を食べるのを忘れていたな。それにもう朝食も間に合わない。今日は午前中に教養科の授業があったはずだ。普段なら無精をするところだけど、今日は音楽の授業だ。どんな授業をしているのか、興味がある。

インクが乾いたばかりの楽譜を仕舞い、急いで寮の自室を出た。制服はそのまま着ていく。

……こういうところが、僕が男を好きになれない部分だ。僕自身を含めて。

中庭を通り抜けてそのまま教養棟へと向かおう。この道は普段誰も通らないが、教養棟へと続く渡り廊下に繋がっている近道だ。なぜ普段誰も通らないかというと、芝生の手入れが甘いからだ。気にしなければ問題ない。

中庭を歩いていると、どこからか透き通った音が聞こえてきた。今まで聞いたことのない、匂い立つような甘やかな音と、それでいてどこかすっきりとした、透明感のある響きだ。音階も聞き慣れない。

これは、鼻歌だろうか。僕の知らない曲だ。

僕の知らない音が鳴っている。耳に残る退屈なだけの宮廷音楽を一瞬で塗り替えるような、鮮烈な印象。優しい響きなのに、音に芯がある。

好ましい。素直にそう思える音だ。

甘さと麗しさを含んだその鼻歌に、誘われるように渡り廊下へと急いだ。

あとがき

はじめまして、WEB版を読んでくださっている大人の方はこんにちは。綿屋ミントです。「転生貴族の優雅な生活」をお手に取っていただき、ありがとうございます。

この本は自由でフラットで少しだけろくでもない現代人だったメイリーネが、転生して貴族として生活していく話です。美味しいものを食べたり、転生してから趣味になったものづくりに邁進したりしながら、周りの人たちと色んな関わりを持っていく。そんな日々を書けたらな、と思っています。

メイリーネはどこにでもいる普通の男の子、とはちょっと違うチートを授かって転生したけれど、本人は特に成り上がりたいとも思っておらず、現代人の感覚で日々の生活水準が潤っていけばいいなと願う一般人です。当たり前のように現代には存在する電気、水道、手軽で美味しい食事、ウォシュレット。そんなものを求めてチートを使っていくことでしょう。

このあとがきを書いている現在、まだWEB上でも完結しておらず、1年近く連載していてもまだまだ書きたいエピソードがたくさんあって、メイリーネの異世界生活は大変です。優雅な生活は泳ぐ白鳥のように、見えない水面下では目まぐるしく、ドタバタしがちです。メイリーネにはもっとたくさんドタバタしてほしいです。

WEB版ではムーンライトノベルズで連載しているとおり大人向けの内容ですが、書籍化にあたり全年齢向けに改稿しています。はじめての作業ばかりで、たくさんご迷惑をおかけしました。編集さん、ありがとうございます。外伝のジュリオ視点、楽しく書けました！

最後に、この本をお手に取っていただき、本当にありがとうございます。少しでも楽しんでいただければ幸いです。

綿屋ミント

2023年3月

追放聖女の

どろんこ農園生活

～いつのまにか隣国を救ってしまいました～

著　よどら文鳥
イラスト　縹ヨツバ

とんでも農園は今日も大収穫！

聖女フラフレは地下牢獄で長年聖なる力を搾取されてきた。しかし、長年の搾取がたたり、ついに聖なる力を失ってしまう。利用価値がないと判断されたフラフレは、民衆の罵倒を一身に受けながら国外追放を言い渡される。衰弱しきって倒れたところを救ったのは、隣国の国王だった。目を覚ましたフラフレは隣国で手厚い待遇を受けたことで、次第に聖なる力を取り戻していくのだが……。これは、どろんこまみれで農作業を楽しみながら、無自覚に国を救っていく無邪気な聖女フラフレの物語。

定価1,320円（本体1,200円＋税10%）　ISBN978-4-8156-1915-2

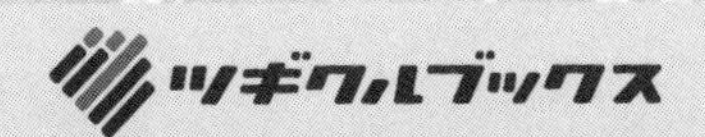

https://books.tugikuru.jp/

聖女にしか育てられない『乙女の百合』を見事咲かせたエルヴィラに対して、若き王、アレキサンデルは突然、「お前が育てていた『乙女の百合』は偽物だった！　この偽聖女め！」と言い放つ。同時に婚約破棄が言い渡され、新しい聖女の補佐を命ぜられた。偽聖女として飼い殺しにされるのは、まっぴらごめん。隣国の皇太子に誘われて、エルヴィラは国外に逃亡することを決意。一方、エルヴィラがいなくなった国内では、次々と災害が起こり――

逃亡した聖女と恋愛奥手な皇太子による
異世界隣国ロマンスが、今はじまる！

1巻：定価1,320円（本体1,200円＋税10%）ISBN978-4-8156-0692-3
2巻：定価1,430円（本体1,300円＋税10%）ISBN978-4-8156-1315-0
3巻：定価1,430円（本体1,300円＋税10%）ISBN978-4-8156-1913-8

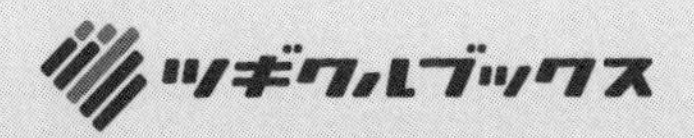

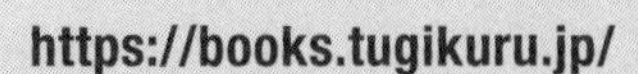

「大聖女フーリアを国外追放とする」

高らかに宣言されたのは、第一王子クロードが一命を取り留めた後のこと。瀕死の王子を助けるべくフーリアがとった行動は、王子を薬釜に入れて煮込むという方法だったのだ。平民出身のフーリアを大聖女の席から引きずり下ろす機会をうかがっていた貴族たちは、この機会を見逃すはずがない。フーリアは異議を唱えずに国外追放を受け入れ、養父母の墓参りのために遠い国を目指すことにしたのだが——。

追放された大聖女がもふもふと旅するハッピーエンドファンタジー、開幕！

定価1,320円（本体1,200円＋税10%）　978-4-8156-1851-3

没落寸前の男爵家の令嬢アニスは、貧乏な家計を支えるため街の菓子店で日々働いていた。そのせいで結婚にも行き遅れてしまい、一生独身……かと思いきや、なんとオラリア公ユリウスから結婚を申し込まれる。しかし、いざ本人と会ってみれば「私は君に干渉しない。だから君も私には干渉するな」と一方的な宣言。ユリウスは異性に興味がなく、同じく異性に興味のないアニスと結婚すれば、妻に束縛されることはないと考えていたのだ。アニスはそんな彼に、一つだけ結婚の条件を提示する。それはオラリア邸で働かせてほしいというものだった……。

白い結婚をした公爵夫人が大活躍するハッピーエンドロマンス！

定価1,320円（本体1,200円＋税10%）　978-4-8156-1815-5

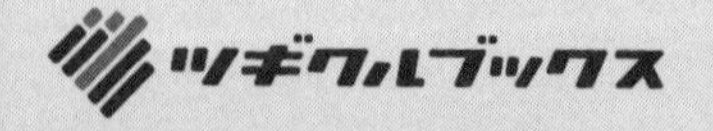

愛読者アンケートに回答してカバーイラストをダウンロード！

愛読者アンケートや本書に関するご意見、綿屋ミント先生、秋吉しま先生へのファンレターは、下記のURLまたは右のQRコードよりアクセスしてください。
アンケートにご回答いただくとカバーイラストの画像データがダウンロードできますので、壁紙などでご使用ください。
https://books.tugikuru.jp/q/202304/yuuganaseikatsu.html

本書は、「小説家になろう」（https://syosetu.com/）に掲載された作品を加筆・改稿のうえ書籍化したものです。

転生貴族の優雅な生活

2023年4月25日　初版第1刷発行

著者　綿屋ミント

発行人　宇草 亮
発行所　ツギクル株式会社
〒106-0032　東京都港区六本木2-4-5
TEL 03-5549-1184
発売元　SBクリエイティブ株式会社
〒106-0032　東京都港区六本木2-4-5
TEL 03-5549-1201

イラスト　秋吉しま
装丁　株式会社エストール

印刷・製本　中央精版印刷株式会社

ISBN978-4-8156-1820-9
Printed in Japan